KB169372

십이야

한국셰익스피어학회 작품총서 018

십이야
Twelfth Night

윌리엄 셰익스피어 지음
홍유미 옮김

도서출판 동인

발간사

지금까지 셰익스피어 작품에 대한 번역은 끊임없이 다양한 동기에 의해 진행되어 왔다. 초창기 셰익스피어 작품 번역은 일본어 번역을 우리말로 옮기는 작업이었다. 일본이 서구에 대한 수용을 활발한 번역을 통해서 시도하였기 때문에 일본어를 공부한 한국 학자들이 번역을 하는데 용이했던 까닭이었다. 하지만 이 경우는 문학적인 차원에서 서구 문학의 상징적 존재인 셰익스피어를 문학적으로 소개하는 것이 목적이어서 문어체를 바탕으로 문장의 내포된 의미를 부연하게 되어 매우 복잡하고 부자연스러운 번역이 주조를 이루었던 것이 문제가 되었다.

그 다음 세대로서 영어에 능숙한 학자들이나 번역가들이 셰익스피어 번역에 참여하게 되었다. 셰익스피어 작품에 대한 수많은 주(note)를 참조하여 문학적 이해와 해석을 곁들인 번역은 작품의 깊이를 파악하는데 많은 도움이 되었다고 볼 수 있다. 하지만 셰익스피어 작품을 무대에 올리는 배우들에게는 또 다른 문제가 생길 수밖에 없었다. 문학적 해석을 번역에 수용하는 문장은 구어체적인 생동감을 느낄 수 없었고, 호흡이 너무 길어 배우가 대사로 처리하기에 부적합하였다.

이런 문제점을 해결하기 위해서 번역가마다 각자 특별한 효과를 내도록 원서에서 느낄 수 있는 운율적 실험을 실시하기도 하였다. 그런 시도는 셰익스피어 번역에 새로운 분위기를 자아내었을 뿐 아니라 다양한 번역이 이루어져 나름의 의미가 있었다고 본다. 반면에 우리말을 영어식의 운율에 맞추는 식의 인위적 효과를 위해서 실험하는 것은 배우들이 대사 처리하기에 또 다른 부자연성을 느끼게 하였다.

한국에서 셰익스피어를 연구하는 학자들이 모이는 한국셰익스피어학회에서 셰익스피어 탄생 450주년을 기념하여 셰익스피어 전작에 대한 새로운 번역을 시도하기로 하였다. 우선 이번 번역은 셰익스피어 원서를 수준 높게 이해하는 학자들이 배우들의 무대 언어에 알맞은 번역을 한다는 점에서 차별성을 두고자 한다. 또한 신세대 학자들이 대거 참여하여 우리말을 현대적 감각에 맞게 구사하여 번역을 하자는 원칙을 정하였다.

시대가 바뀔 때마다 독자들의 언어가 달라지고 이에 부응하는 번역이 나와야 한다고 본다. 무대 위의 배우들과 현대 독자들의 언어감각에 맞는 번역이란 두 마리 토끼를 잡는 것은 그리 쉬운 일은 아니지만 매우 의미 있는 일일 것이다. 이번 한국 셰익스피어 학회가 공인하는 셰익스피어 전작 번역이 성공적으로 이루어지도록 뒷받침하는 도서출판 동인의 이성모 사장에게 심심한 감사의 뜻을 전하며 인문학의 부재의 시대에 새로운 인문학의 부활을 이루어내는 계기가 되리라 믿는다.

2014년 3월

한국셰익스피어학회 회장 박정근

옮긴이의 글

셰익스피어의 『십이야』는 한국에서도 빈번히 공연되는 셰익스피어의 대표적 희극 작품 중 하나이다. 또한 강독하는 경우보다는 무대 위에서 공연될 때 희극적인 묘미가 더욱 살아나는 작품이기도 하다. 등장인물들의 정체를 오인하여 벌어지는 소동과 현란한 말장난과 바보광대의 노래를 통해 관객들은 현실을 벗어나 한바탕 시끌벅적하게 다른 세상을 겪고 난 다음 다시 현실로 돌아오게 된다. 한정된 축제 기간을 보내고 난 뒤 다시 일상으로 돌아오는 것처럼, 셰익스피어의 희극은 우리에게 하나의 축제와도 같은 역할을 해준다.

작품 제목인 '십이야'는 기독교의 축제인 예수 공현 축일이다. 크리스마스로부터 12일 이후인 1월 6일에 행해지는 이 축제는 그리스도의 탄생을 축하하러 온 동방박사의 방문을 기념하기 위한 것이다. 또한 작품의 창작 목적 역시 십이야 기간 동안의 여흥을 위해 쓰여진 것으로 알려져 있다. 그야말로 축제 정신과 여흥이라는 희극의 속성을 가장 크게 부각시키고 있는 작품임이 틀림없다. 관객이나 독자도 셰익스피어의 비극 작품을 접할 때와는 다른 자세와 기대감으로 이 작품을 대할 필요가 있다. 일상의 규율과 잣대도 내려놓고,

비판적인 시각도 내려놓고, 축제를 즐길 마음의 준비를 하고 첫 장을 열기를 바란다.

셰익스피어의 작품을 번역본을 통해 접하는 것은 셰익스피어의 언어의 진정한 맛은 놓치고 시작하는 것임은 틀림없다. 더구나 셰익스피어의 희극 작품의 경우, 특히 번역본에서는 셰익스피어가 펼쳐주는 언어적 유희의 묘미를 느끼는 기회가 한정될 수밖에 없음도 피할 수 없는 현실이다. 여러모로 부족한 역자가 『십이야』의 세계가 펼쳐주는 재미를 독자들도 경험하도록 최선을 다해 노력하였다. 하지만, 연극의 세계, 셰익스피어의 작품의 세계가 관객들의 훌륭하고 뛰어난 상상력의 힘으로 더욱 위대하게 되듯이, 본 역서를 읽으면서도 독자들의 탁월한 상상력의 힘을 아낌없이 발휘하며 셰익스피어의 희극을 더욱 즐길 수 있기를 바래본다. 그리하여 우리가 일상으로 다시 복귀할 때, 셰익스피어의 희극이 주었던 '축제 기간'의 치유 능력으로 현실을 감당해 내는 힘을 얻기를 바래본다.

2015년 12월
홍유미

| 차례 |

등장인물

장소: 일리리아

오르시노 공작의 궁과 올리비아의 저택 사이에서 극이 진행된다.

바이올라	세바스찬과 쌍둥이 여동생. 세자리오로 변장
세바스찬	일리리아 해안에서 난파된 쌍둥이 오빠
선장	바이올라를 난파에서 구해준 사람
안토니오	세바스찬의 친구. 선장
오르시노	일리리아의 공작
발렌타인	공작을 모시는 신하
큐리오	공작을 모시는 신하
올리비아	일리리아의 백작 영애
마리아	올리비아의 시녀
페스테	올리비아의 광대
말볼리오	올리비아의 집사
패비언	올리비아의 하인 중 하나
토비 벨치 경	올리비아의 숙부
안드류 에이규칙 경	토비 경의 친구
하인	
신부	
선원들, 시종들, 악사들, 경관들	

1막

1장

공작의 궁전. 음악

일리리아의 공작인 오르시노가 큐리오와 신하들과 함께 등장한다.

오르시노 만약 음악이 사랑의 양식이라면, 계속 연주하라,
지나치게 먹은 나머지 과식으로 인해
욕구가 병들어버리게 되고 그로 말미암아 죽어버리게 말이다.
그 곡을 다시 연주하라. 희미하게 죽어가는 마무리를 지녔더구나.
5 오, 마치 바이올렛 꽃으로 가득한 강둑 위로 불어오는
향기로운 소리와도 같이 내 귓전을 울렸노라.
살며시 향기를 내뿜으며 말이다. 됐다, 이제 그만 두어라.
예전에 그랬던 것만큼은 이제 더 이상은 감미롭지가 않구나.
오, 사랑의 정령이여, 그대는 얼마나 예민하고 굶주려 있는가.
10 비록 그대 사랑의 능력이
바다만큼이나 품을 수 있다 할지라도,
아무리 가치 있고 탁월한 것이라도 그곳에만 들어가면
그 가치를 잃어버리고 값싼 것이 되어 버리는구나.
그것도 순식간에! 사랑은 온갖 상상으로 너무도 가득 차 있기에
15 그보다 더 상상력이 풍부한 것은 견줄 것이 없도다.[1]

1. 오르시노의 대사는 로라에 대한 이룰 수 없는 사랑을 노래한 이탈리아 시인 페트라

큐리오 공작님, 사냥을 가실 건지요?

오르시노 뭐라고, 큐리오?

큐리오 사슴 사냥 말입니다.

오르시노 내가 왜 그래야 하겠느냐. 가장 고귀한 사슴이 내게 있는데.

오, 내 두 눈이 올리비아를 처음 보았을 때, 20

난 그녀가 더러운 공기를 깨끗하게 만들어준다고 생각했었다.

바로 그 순간 나는 한 마리 사슴이 되었지.

그리고 내 욕망은, 마치 맹렬하고 잔인한 사냥개들 마냥,

그 날 이후로 나를 뒤쫓고 있구나.[2]

발렌타인이 등장한다.

그래 어떤가? 아가씨에게서 무슨 소식이라도?

발렌타인 공작님 기뻐하십시오. 비록 접견을 허락 받지는 못했지만 25

하녀로부터 이런 대답을 들을 수 있었습니다.

7년이 지날 때까지는 하늘조차도

그분의 얼굴을 완전히 드러낸 상태로 보지는 못할 것이며,

수녀처럼 베일을 쓴 채 다닐 것이라고 말입니다.

그리고 하루에 한 번씩 눈을 쓰라리게 만드는 소금기 어린 눈물로 30

르카의 소네트를 연상시켜 준다. 르네상스 시대의 대표적인 연인들은 이루어질 수 없는 사랑으로 번민에 찬 모습을 보여주는 것이 특징이다.

2. 공작은 자신을 그리스 신화에서 수사슴으로 변신하여 자신의 사냥개들로부터 추격을 받게 되는 사냥꾼인 악테온에 비유하며, '사슴'과 '심장'과 관련된 말장난을 하고 있다. 당시의 연인들이 흔히 그리스 로마 신화에서 비유를 가져오며 인용하던 경향이 있었다.

아가씨의 방을 구석구석 적신다고 합니다. 이 모두가
죽은 오라버님에 대한 사랑 때문으로, 그분의 슬픈 기억 속에
새록새록 하고 오래 지속되도록 보존하시겠다는 거지요.

오르시노 오, 그토록 섬세하게 빚어진 마음을 지닌 여인이라니,
35 오라비에게도 이런 정도의 사랑의 빚을 갚으려 하는데,
하물며 그녀 안에 있는 온갖 사랑의 무리를
그 값진 황금 화살[3]이 전부 쏘아 죽여 버리게 될 때는
어떤 식으로 사랑하겠는가. 간이며, 두뇌며 심장이라는,
이들 왕좌가 모두 한 명의 왕에게 주어지고
40 그녀의 감미로운 그 훌륭한 면들을 한 왕으로만 채우게 된다면!
자, 앞장서서, 달콤한 꽃밭으로 안내하라!
사랑에 대한 생각은 나무 그늘 아래에 있을 때에 풍요로울 테니.

[퇴장]

3. 사랑의 신인 큐피드의 화살을 말한다.

2장

일리리아의 해안가

바이올라, 선장 그리고 선원들이 등장한다.

바이올라 여러분들, 여기는 어느 나라인지요?

선장 일리리아라고 합니다.

바이올라 일리리아에서 저는 뭘 해야만 할지요?

오라버니는 천국으로 떠나가 버렸는데.

어쩌면 익사하지 않았는지도 몰라요. 여러분들, 어떻게 생각하세요? 5

선장 다행히 아가씨가 구조된 것만도 행운입니다.

바이올라 오 불쌍한 오라버니! 아무쪼록 다행히 운 좋게 살아 계시길.

선장 아가씨, 맞습니다. 요행수가 있을지도 모르니 마음 편히 가지시지요.

배가 부수어진 뒤, 아가씨와 함께 구조된 몇 사람이

떠밀려 가는 작은 배에 매달려 있을 때, 10

아가씨의 오라버니를 보았습니다. 위험 가운데도 극도로 조심스럽게

바다 위에 떠다니고 있는 튼튼한 돛대에

몸을 묶고 계셨지요. — 용기와 희망이

그분께 무엇을 해야 할지 가르쳐주고 있었지요 —

마치 돌고래의 등 위에 타고 있는 아리온[4]처럼 15

---

4. 그리스의 음악가인 아리온(Arion)은 살해당하는 것을 모면하고자 배에서 뛰어내렸

오라버니는 가라앉지 않은 채 파도와 함께 쓸려 다니고 계셨습니다.
제가 본 바로는 그렇습니다.

바이올라 그렇게 말씀해 주시니 고마워요. 이 금화를 받으세요.
제 자신이 살아난 걸 보아서도 희망이 생기는군요.
20 게다가 선장님 말씀을 듣고 보니 더욱 그럴 것 같아요.
그런데 선장님은 이 나라를 아세요?

선장 네, 잘 압니다. 제가 태어나서 성장한 곳이
바로 여기서 세 시간이면 갈 수 있는 곳에 있답니다.

바이올라 누가 이곳을 다스리시나요?

25 **선장** 이름만큼이나 성품도 고귀하신 공작님이시랍니다.

바이올라 그분의 성함이 무엇인지요?

선장 오르시노입니다.

바이올라 오르시노! 부친께서 그 이름을 거명하시는 걸 들은 적 있어요.
그 때는 독신이셨는데.

30 **선장** 지금도 그러시지요. 아니 최근까지는 그러셨습니다.
제가 약 한달 전에 이곳을 떠났는데,
그 당시에 사람들이 수군거리는 바로는—아시다시피, 지체 높은 분들이
무얼 하시는지 미천한 사람들은 조잘대기 마련이니까요—
그분께서 아름다운 올리비아 아가씨께 구애하셨다고 하더군요.

35 **바이올라** 그 아가씨는 어떤 분이신가요?

선장 참한 아가씨지요. 약 12개월 전쯤 고인이 되신
백작님의 따님이십니다. 아드님이신 아가씨 오라버니에게

다가 그의 음악에 매혹당한 돌고래에 의해 안전하게 구출된다.

맡기고 떠나셨는데, 오라버니 역시 곧 돌아가셨답니다.
사람들 말로는 오라버니에 대한 극진한 사랑 때문에
아가씨는 남자들과 함께 있지도 40
남자들을 보지도 않겠노라고 하셨다는군요.

바이올라 오, 그 아가씨를 모시게 되었으면!
그리고 기회가 충분히 무르익을 때까지는
내 신분이 무엇인지
세상에 알려지지 않으면 좋으련만. 45

선장 그건 좀 어려운 일 같습니다.
그 아가씨는 어느 누구의 부탁도 들어주지 않으니까요.
공작님의 부탁마저도요.

바이올라 선장님, 선장님께서는 마음씨 좋으신 분 같아요.
아름다운 모습을 하고 있지만 그 속에 50
더러움을 감추고 있는 사람들도 있지요.
하지만 선장님께서는 아름다운 겉모습에 어울리는
그런 마음씨를 가지신 것으로 믿겠어요.
청컨대 — 그리고 대가는 후하게 치를 테니 —
제가 누구인지 비밀로 해주시고, 55
제가 원하는 모습으로 변장하는 것을 도와주세요.
저는 이 공작님을 모실게요.
저를 그분께 내시라고 소개시켜 주세요. — 선장님께서
수고하시는 보람이 있을 거예요. — 저는 노래할 줄도 알고
온갖 종류의 음악으로 그분께 이야기할 수도 있으니, 60

그분을 모실 자격이 있을 거예요.

그 외는 무슨 일이 일어나든, 시류에 맡길 거예요.

선장님께서는 그냥 잠자코만 계시고 제게 맡겨주세요.

선장 그분의 내시가 되십시오. 저는 잠자코 있겠습니다.

65 제 혀가 나부랑 거리면, 그 때에는 제 눈이 멀어버리라지요.

바이올라 감사합니다, 선장님. 안내해 주세요.

[퇴장]

3장

올리비아의 저택

토비 벨치 경과 마리아가 등장한다.

토비 빌어먹을, 조카딸년이 오라비 죽음가지고 이렇게까지 하다니. 상심은 분명 생명에는 적인데도 말이야.

마리아 제발 좀, 토비 나리, 밤에 좀 더 일찍 들어오세요. 나리의 친척이자 제 아가씨께서 그 엉망진창인 시간 개념을 매우 못 마땅히 여기시거든요. 5

토비 뭐, 못 마땅히 여기라지. 못 마땅히 여겨지게 되기 전에 선수 쳐서.

마리아 네, 하지만 좀 법도를 지키시면서 적절한 한도 내에서 처신하셔야지요.

토비 적절한 한도 내에서 처신하라니? 지금보다 더 잘 처신할 수는 없잖나. 이 복장들로 말하자면 술 마시기에 충분히 훌륭하고, 또 이 10 구두도 역시 그렇잖나. 만약 아니라고 한다면, 그 신발 끈에 목을 매달아 죽어버리라고 해.

마리아 그렇게 부어대고 마셔대면 몸이 상하실 거예요. 어제 아가씨께서 그 점에 관해 하시는 말씀을 들었어요. 또 나리께서 아가씨 구혼자로 어느 날 밤 이리로 데리고 들어온 그 바보 같은 기사 나리에 관한 말씀도. 15

토비 누구 말이야? 안드류 에이규칙 경?

마리아 네, 그 나리요.

토비 일리리아의 어느 누구 못지않게 키가 훤칠한 남자야.

마리아 그게 무슨 상관이에요?

20 **토비** 왜, 1년에 3,000듀켓이나 생기는 양반인데.

마리아 네, 하지만 불과 1년 만에 그 돈을 몽땅 다 탕진해버릴 걸요. 정말 바보인데다 난봉꾼이라고요.

토비 그따위 소리 집어치워! 첼로도 연주할 줄 알 뿐 더러 책 없이도 서너 나라말을 똑똑히 구사할 줄 아는 데다, 게다가 온갖 천부적
25 인 재능을 갖추고 있는 사람이야.

마리아 그래요, 정말 퍽도 천부적인 온갖 재능을 갖추셨더군요. 바보인데다가 그것 말고도 대단한 싸움쟁이니까요. 싸움에서 누리는 그 재미를 누그러 뜨려줄 겁쟁이라는 재능을 갖추고 있지 않았더라면, 똑똑한 분들 말로는 그 나리는 무덤으로 뛰어 들어갈 재능도
30 잽싸게 갖추게 될 거라고 하던데요.

토비 이 손에 걸고 맹세코, 그따위로 나불대는 놈들은 불한당에다 모함꾼들이야. 어떤 놈들이 그딴 소리를 지껄여?

마리아 게다가 사람들 말로는, 나리와 어울려 다니면서 밤이면 밤마다 술을 퍼마시고 다닌다고 그러던데요.

35 **토비** 그거야 조카딸년 건강을 위해 건배하느라 그랬지. 내 목에 목구멍이 있는 한, 또 일리리아에 술이 있는 한은, 이 몸은 조카딸년을 위해 건배할 거야. 동네 팽이처럼 머리가 빙빙 돌 때까지 우리 조카딸년을 위해 건배하지 않는 놈은 겁쟁이에다 불한당이지. 이봐, 요년! 낯짝이나 어서 바로 펴. 안드류 에이규칙 경이 이리 오고 있으니까.

안드류 에이규칙이 등장한다.

안드류 토비 벨치 경! 안녕하시오, 토비 벨치 경? 40

토비 친애하는 안드류 경!

안드류 안녕하신가요, 아리따운 왈가닥 아가씨.

마리아 나리님도 안녕하세요.

토비 접견, 안드류 경. 접견.

안드류 그게 무슨 소리신지? 45

토비 내 조카딸의 시녀라오.

안드류 접견 아가씨. 더 잘 알게 되길 바랍니다.

마리아 나리, 제 이름은 마리아에요.

안드류 접견 마리아 아가씨 —

토비 잘못 아셨소. '접견'이란 말은 그 앞에 서서 버티고, 올라타고, 구애하고, 덮치라는 소리요. 50

안드류 이런, 세상에, 여기서 이 아가씨를 덮쳐 넘어뜨리지 않을 거요. 그게 '접견'이라는 말의 뜻인가요?

마리아 나리님들, 전 이만 물러갑니다. [물러간다.]

토비 이런 식으로 물러가 버리게 그냥 둔다면, 안드류 경, 다시는 칼을 뽑지 못할 거요![5] 55

안드류 아가씨, 이런 식으로 물러가신다면, 다시는 저는 칼을 뽑아들지 못할 겁니다. 아름다운 아가씨, 상대가 당신 손 안에 있는 바보들로 생각하는 거요?

---

5. 여기서 '칼'은 '남성성'을 상징하는 것으로 성적인 의미를 지니고 있다.

60 **마리아** 나리, 전 손도 잡지 않을 겁니다.

안드류 뭐, 하지만 그렇게 될 걸요. [손을 내민다.] 자, 내 손 여기 있소이다.

마리아 뭐, 생각은 자유니까요. 보아하니 나리의 손을 술집에 가져가서

65 뭐든 좀 마시게 하는 게 좋겠네요.

안드류 왜지요, 아가씨? 무슨 비유인지?

마리아 말라빠져[6] 있으니까요.

안드류 나도 그렇게 생각하오. 난 그런 바보가 아니라 내 손을 언제나 말린 상태로 둘 수 있지요. 하지만 댁의 그 농담은 무슨 뜻인지?

70 **마리아** 나리, 말라빠진 농담이지요.

안드류 그런 것들이 많나요?

마리아 네, 나리, 저로 말씀드리자면야, 제 손가락 끝에 두고 갖고 놀고 있지요. 자, 이제 손을 놓아 드리지요. 전 메말라버렸으니까요.

[마리아 퇴장]

토비 오 기사 양반, 카나리 주 한 잔이 필요하겠구려. 경이 그렇게 뻗

75 은 걸 언제 봤더라?

안드류 평생 못 봤을 것 같은데요. 카나리 주한테 뻗게 된 적 말고는. 내 생각으로는 이따금씩 난 기독교도나 평범한 보통 사람들보다도 머리가 살짝 부족한 것 같소. 소고기를 많이 먹는지라 내가 보기에는 그게 내 머리에 손상을 입히는 것 같은데.

80 **토비** 지당하오.

---

6. 여기서 '말라있다'는 것은 성적 불능과 불임을 의미한다. '마르다'(dry)는 것으로 말장난을 하고 있다.

안드류 그 생각을 했더라면 그 일을 포기해야 할 거요. 토비 경, 내일 집으로 돌아가겠소.

토비 '푸르꾸와'?[7] 기사 양반?

안드류 '푸르꾸와'라니요? 그러라는 거요, 말라는 거요? 펜싱이나 춤추기나 곰 사냥하느라 전부 보낸 그 시간들을 어학 공부하는 데 쏟았더라면 좋았을 것을. 아, 공부를 좀 더 했었어야 했는데! 85

토비 그랬다면 그 머리의 머리카락도 훌륭했을 텐데.

안드류 뭐요, 그랬다면 내 머리카락도 바꿀 수 있었을까요?

토비 아무렴, 그야 경이 보다시피 타고날 때부터 곱슬은 아닐 테니까 말이오. 90

안드류 하지만 내게 썩 잘 어울리잖소. 안 그렇소?

토비 훌륭하군요. 실 감는 막대 위 실타래처럼 매달려 있소. 아낙네 하나가 경을 두 다리 사이에 끼고 머리칼로 실 감는 걸 봤으면 좋겠소이다.

안드류 토비 경, 맹세코, 내일 집으로 돌아가겠소. 조카따님은 코빼기도 보이지도 않고, 설령 보인다 한들 나를 선택하지 않을 게 불 보듯 뻔한 일이오. 공작 자신이 여기서 열심히 구애하고 있다지 않소. 95

토비 공작을 선택하진 않을 거요. 자기보다 위인 사람하고는 맺어지려 않을 테니. 신분이건, 나이건, 지혜에 있어서건 말이오. 그렇게 맹세하는 걸 들은 적 있소. 쯧쯧, 그러니 아직도 가망은 있다 말이오.

안드류 그렇다면, 한 달 더 머물러 보겠소. 나로 말하자면 이 세상에서 가장 희한한 생각을 하는 작자이니까요. 가장 무도회와 흥청대며 노는 거라면 죄다 즐기니까. 100

---

7. '왜'라는 뜻의 불어이다.

토비 기사 양반, 이러 저러한 놀이들을 곧잘 하시나 보구려?

안드류 일리리아에 있는 그 누구 못지않소이다. 그 작자가 누구건 나보다

105 신분 낮은 자들에게는 말이오. 하지만 노인 분과는 견주지 않을 겁니다.

토비 기사 양반, 갈리아드[8] 춤에서 뭘 잘 하시오?

안드류 뭐, 뛰어오르는 케이퍼[9]를 할 수 있지요.

토비 난 케이퍼[10]를 곁들인 양고기를 썰 수 있소.

110 **안드류** 게다가 내 생각에 일리리아에 있는 어느 누구 못지않게 거꾸로 뛰는 백트릭[11]도 세게 할 수 있지요.

토비 무엇 때문에 이런 것들을 감추고 있소? 왜 이런 재능들을 막을 쳐 가리고 있소이까? 먼지나 끼게 하고 싶어서요? 술집 여편네 몰의 그림처럼 말이오? 왜 갈리아드 춤으로 교회에 가고, 또 집으

115 로 올 때는 코란토[12]춤을 추며 오지 않는 거요? 내 걸음걸이는 지그 춤일 텐데. 나라면 소변 볼 때도 싱크페이스 춤[13]을 안 추고는 못 배기겠구먼. 무슨 소리요? 그런 재능들을 전부 감추어두는 세상이란 말이오? 경의 그 멋진 다리를 보면서 생각했었소. 갈리아드의 별자리 아래서 태어난 거라고.

---

8. 다섯 스텝으로 된 발랄한 춤. 다섯 번째 스텝은 약간 공중에 뛰어오르는 것이다.
9. 케이퍼는 약간 점프하는 춤으로, 섹스를 한다는 것을 뜻하기도 한다.
10. 토비는 '케이퍼'로 말장난을 하는데, 여기서는 서양 풍조목을 뜻한다. 이것은 양고기와 함께 곁들여 나오는 약간 매운 조그마한 열매로, 매춘부를 뜻하기도 한다.
11. 거꾸로 뛰기 춤으로, 섹스를 뜻하기도 한다.
12. 빠른 스킵핑 춤이다.
13. 다섯 스텝 춤이다.

안드류 그렇소, 내 다리는 튼튼하고, 게다가 짙은 갈색 스타킹을 신으면 멋져 보이지요. 어디 한번 한바탕 흥청대며 놀아볼까요? 120

토비 그거 말고 뭘 하겠소? 우린 황소자리에서 태어나지 않았소?[14]

안드류 황소자리 말씀이오? 그건 바로 옆구리와 심장이지요.

토비 아니오. 다리와 허벅지요. 자 어디 케이퍼 춤추는 거 한번 봅시다. [안드류가 춤을 춘다.] 하, 더 높이! 하, 하, 굉장하군요!

[퇴장]

14. 당시에 별자리가 신체의 각 부분들을 지배한다고 믿었다.

4장

공작의 궁

발렌타인과 남장한 바이올라가 등장한다.

발렌타인 세자리오, 공작님께서 자네를 계속 총애하신다면, 상당히 출세할 걸세. 자네를 아신지 불과 사흘 밖에 되지 않았는데도 벌써 친근하게 여기시잖나.

바이올라 공작님의 애정이 지속되는데 의문을 가지시는 걸 보니, 그분의 변덕을 우려하시거나 아니면 제가 태만하게 될까봐 염려하시는군요. 공작님께서 누구를 총애하시는데 있어 변덕스러우신가요?

발렌타인 아니네. 날 믿게.

오르시노 공작과 큐리오와 신하들이 등장한다.

바이올라 감사합니다. 공작님께서 이리로 오시는군요.

오르시노 누구 세자리오 못 보았느냐?

바이올라 공작님, 여기 대령했나이다.

오르시노 [큐리오와 다른 신하들에게] 잠시 물러가 있거라.

[바이올라에게] 세자리오, 자넨 모든 걸 알고 있다. 자네에게 전부

펼쳐 보여주었다. 내 비밀스러운 영혼의 책조차도 말이다.

그러니 그 아가씨에게 가서 찾아 온 것을 알리고

절대 접견을 거절당하지 말거라. 문 앞에 서서 15
그리고 말 하여라. 이야기를 들어줄 때까지
자네 발은 그 자리에 박혀 있을 거라고 말이다.

바이올라 그러하겠습니다, 공작님.
사람들 말처럼 그분께서 그토록 슬픔에 잠겨 계시다면,
저를 절대로 만나주시지 않을 겁니다. 20

오르시노 소득 없이 돌아오느니 시끄럽게 소란을 피우고
온갖 점잖은 한도를 뛰어넘어 버리거라.

바이올라 공작님, 그분과 이야기 하게 되면, 그 다음엔 어떻게 하지요?

오르시노 그 다음에는 내 사랑의 그 열정을 알려주어라.
나의 진실된 마음에 대한 이야기로 마구 공격해 버리거라. 25
나의 사랑을 구애하는 일은 자네가 적격일 거다.
자네의 그 젊음을 보고 더 잘 들어줄 테니.
더 심각한 모습을 한 사절보다는 말이다.

바이올라 공작님, 제 생각으로는 그럴 것 같지 않습니다만.

오르시노 내 말을 믿어라— 30
자네를 보고 사내라 하는 자들은
자네의 그 좋은 시절을 잘못 말하는 것이지. 다이아나 여신의
입술도 그보다 더 부드럽고 붉지는 못하다. 자네의
그 조그만 음성은 처녀의 음성만큼이나 음조가 높고 맑다.
그리고 온갖 부분이 여자들과 비슷하지. 35
내가 보기로는 자네 그 용모가 바로 이 일에 적합하다.
서너 명이 함께 수행하도록 하라—

원한다면, 모두 데리고 가거라. 난 곁에 아무도 없을 때가
제일 좋으니 말이다. 이 일을 잘 해 보거라,
40 그러면 나 못지않게 호강하게 될 테니.
내 재산을 자네 것이라고 할 정도로 말이다.

바이올라 최선을 다하여 그 아가씨께
구애해보겠습니다. [방백] 하지만, 아, 이 얼마나 어려운 일인가!
내가 구애하는 분이 누구건, 이 몸이 공작님 아내가 되고 싶은데.

[퇴장]

5장

올리비아의 저택

마리아와 페스테가 등장한다.

마리아 이봐, 어디 있었는지 어서 말해. 아님 널 변명해주려고 절대 입도 떼지 않을 테니. 털 오라기 하나도 못 들어가게 합죽이처럼 꾹 다물고 있을 거야. 아가씨께서 네가 자리 비운 일로 교수형 시키실 걸.

페스테 교수형 시키시라지. 이 세상에서 교수형을 잘 당한 자는 두려울 게 없는 법이니까. 5

마리아 증명해 봐.

페스테 두려워 할 사람이라곤 아무도 못 보게 될 테니까.

마리아 그럴싸한 대답이로군. '두려울 게 없는 법'이라는 말이 어디서 나왔는지 말해 줄 수 있어.

페스테 어딘데요, 마리아 아가씨? 10

마리아 전쟁터에서지. 그런 말을 겁도 없이 대담하게 네놈 바보짓거리에다 쓰다니.

페스테 아, 하나님, 지혜를 가진 자에게 지혜를 주소서. 그리고 바보들에게는 자기 재능을 사용하게 해 주시옵소서.

마리아 하지만, 그렇게 오랫동안 집을 비운 대가로 교수형 당할걸. 아니면 쫓겨나거나 — 그건 너한텐 교수형하고 마찬가지 아니냐? 15

페스테 교수형을 잘 당하면 불행한 결혼을 피하게 되고, 쫓겨나면 여름이니 견딜 만은 하겠지 뭐.

마리아 그럼, 작정한 거냐?

20 **페스테** 아니, 어느 쪽도. 하지만 두 가지는 마음먹었지.

마리아 하나가 풀어지면, 다른 하나가 잡아주지. 둘 다 풀어지면 네 바지가 흘러내리는 거고.

페스테 맞아, 그래, 바로 그거야. 자, 잘 가시게. 토비 나리가 술만 끊게 된다면야, 일리리아의 어느 누구보다도 재치 있는 마누라가 되겠

25 건만.

마리아 조용히 해, 이 망나니야. 그 따위 소리는 집어치워. 아가씨가 오시네. 네 변명이나 어디 지혜롭게 잘 해보시지. [퇴장]

올리비아가 말볼리오와 시종들과 함께 등장한다.

페스테 지혜의 여신이여, 멋들어지게 바보짓하게 도와주소서! 지혜가 있노라 생각하는 자들은 흔히들 바보로 판명되고, 지혜가 분명 부족한

30 나는 현인으로 통하기도 하지. 왜냐하면 퀴나팔러스 선생[15]이 그 뭐라 했더라? '어리석은 현자보다는 재치 있는 바보가 더 낫다'고 하셨거든. ―아가씨, 신의 가호가 임하시길!

올리비아 이 바보를 끌어내 버려라.

페스테 이놈들아, 말씀 못 들었나? 아가씨를 끌어내라잖나.

35 **올리비아** 무어라. 넌 시들어버린 광대야. 더 이상 필요 없다. 게다가 점점 더 제멋대로야.

---

15. 권위 있는 인물을 뜻하기 위해 페스테가 지어낸 인물이다.

페스테 아가씨, 술과 좋은 충고로 고칠 수 있는 두 가지 결함일 뿐입지요. 시들어버린 광대에게 마실 것을 주시면, 광대는 시들어있지 않을 테지요. 제멋대로인 자에게 행실을 고치라고 시키시고 그 후 고쳐지면 더는 제멋대로가 아니지요. 그자가 그럴 수 없다면 40 재단사더러 고쳐 보라고 하세요. 수선 가능한 것은 뭐든 조각조각 붙여진 것이니까요. 죄지은 미덕은 죄를 붙여놓은 것이고, 고쳐진 죄는 미덕을 붙여놓은 것일 뿐. 이 단순논법이 그럴싸하면 그리하시고, 아니면, 무슨 수가 있을까요? 재앙 말고는 진정 오쟁이 진 놈은 없듯, 미모도 꽃과 같은 법입지요.[16] 바보를 끌어내라 45 하시니, 재차 말할게요, 아가씨를 끌어내라고.

올리비아 이것 봐, 저 사람들에게 네놈을 끌어내라고 시킨 거야.

페스테 엄청난 오해를 하셨군요! 아가씨, '머리를 깎았다고 해서 모두가 수도사는 아닌 법'. 제가 머릿속까지 알록달록한 광대 복장을 하지는 않았다고요. 자 아가씨, 아가씨가 바보라는 걸 증명해보게 50 해주십시오.

올리비아 그럴 수 있겠어?

페스테 노련하게 해보이죠, 아가씨.

올리비아 어디 증명해 봐.

페스테 그렇다면 아가씨, 교리 문답을 해야 할 것 같군요. 자 덕성스러운 55 아가씨, 대답해보세요.

올리비아 좋아, 그럼, 별달리 재미난 일도 없으니, 어디 네 증거를 들어보자.

---

16. 페스테는 미모도 시들어 버릴 테니 올리비아에게 결혼하지 않으려고 하느니 그녀의 젊음과 미모를 최대로 이용하라고 충고하고 있는 중이다.

페스테 아가씨, 왜 애도하고 계시는 겁니까?

올리비아 이런 바보, 내 오라버니가 돌아가셨으니 그렇지.

60 **페스테** 오라버님의 영혼이 지옥에 있나 봅니다요, 아가씨.

올리비아 오라버니의 영혼은 천국에 있어, 바보야.

페스테 그럼, 아가씨는 더욱 더 바보로군요. 오라버니의 영혼이 천국에 있는데도 이렇게 애도하고 슬퍼하고 계시다니 말입니다. 여러분, 이 바보를 끌어내시오.

65 **올리비아** 말볼리오, 이 바보를 어찌 생각하느냐? 약간 좀 나아지지 않았느냐?

말볼리오 네, 그놈은 나아질 겁니다. 죽음의 고통이 그놈을 흔들어놓을 때까지 말입니다. 현인을 좀먹는 병도 늘 더 나은 바보가 되게 해주는 법이거든요.

70 **페스테** 하나님께서 그 병을 잽싸게 그쪽한테 보내셔서, 그 멍청함이 더 불어나 버려라! 토비 나리께서도 내가 여우같지 않다는 데는 맹세하시겠지만, 그쪽이 바보가 아니라는 데는 절대 단 돈 2펜스도 내기에 걸지 않으실 걸요.

올리비아 말볼리오, 그 점에 대해 어떻게 말하겠느냐?

75 **말볼리오** 저런 말도 안 되는 불한당 놈의 이야기를 재미있어 하시는 게 놀라울 따름입니다. 한번은 저놈이 평범한 바보광대한테 당하고 있는 꼴을 보았습죠. 돌 말고는 머리라고는 전혀 없는 놈한테 말입니다. 자, 보십시오, 벌써 저놈은 대꾸도 못하지 않습니까. 아가씨께서 웃으면서 기회를 주지 않으시면, 저놈은 재갈이 물려 있

80 습지요. 장담하는데, 이 정도 바보짓에 그토록 웃어대는 자들은

아무리 현명한 자라 하더라도 바보의 조수밖에 안 됩니다.

올리비아 오 말볼리오, 자넨 자기애라는 병에 걸려 병든 식욕을 가지고 맛을 보는군. 관대하고, 사심 없고, 자유분방한 성격이 되면 새총으로 받아들일 것들을 대포알로 여기다니. 공인된 바보광대는 설사 욕만 해댄다 하더라도, 그건 중상 모독이 안 되는 법이네. 분별 있다고 알려진 사람이 꾸짖어대기만 한다 해도, 그게 별로 욕이 되지 않는 것처럼 말이야. 85

페스테 자 이제 머큐리 신[17]이시여, 아가씨께 거짓말 솜씨를 부여해 주소서! 바보광대를 좋게 이야기 해주시니 말입니다요.

마리아가 등장한다.

마리아 아가씨, 문 밖에 어떤 젊은 남자가 찾아와서 아가씨를 꼭 만나 뵙겠다고 합니다. 90

올리비아 오르시노 공작이 보낸 사람이지, 안 그러냐?

마리아 아가씨, 잘 모르겠어요. 잘생긴 청년인데 신하들도 수행하고 있어요.

올리비아 내 시종들 중에 누가 그자를 응대하고 있느냐? 95

마리아 아가씨의 숙부님이신 토비 나리십니다.

올리비아 제발, 숙부님은 물러가 계시게 해. 실성한 사람 같은 말만 늘어놓으시니까. 그분은 안 돼! [마리아 퇴장]

말볼리오, 자네가 가보게. 만약 공작이 보낸 구혼자라면 내가 아

---

17. 로마 신화의 머큐리(Mercury)는 전령이자 나그네의 수호신으로, 또한 속임수의 신이기도 하다.

100 프다거나 부재중이라고 해. 원하는 대로 뭐든 해서 돌려보내게.

[말볼리오 퇴장]

자, 이제 알겠지, 바보야. 네 바보짓이 얼마나 낡아빠졌고 사람들이 싫어하는지.

페스테 아가씨, 마치 아가씨 장남이 바보광대라도 될 거 마냥, 우리 광대를 변호해주셨습니다요. 조브 신이 그분 해골에는 뇌가 꽉 들어차 있게 해주시길. 왜냐하면—여기 오시네요—아가씨 친족 중 한 명은 가장 골이 빈 빈약한 뇌를 가지고 있으니까요. 105

토비 경이 등장한다.

올리비아 이런, 반쯤 취하셨잖아—

숙부님, 문 밖에 있는 남자가 누구지요?

토비 신사야.

110 **올리비아** 신사? 어떤 신사 분인데요?

토비 그 사람은 말이야—[딸꾹질 한다.] 빌어먹을 염장한 청어 같으니! 안녕하신가, 주정뱅이 바보?

페스테 안녕하세요, 토비 나리!

올리비아 숙부님, 이렇게도 이른 시간에 이리도 취해 무기력하게 늘어져 계시는 건가요? 115

토비 호색으로 늘어졌다고?[18] 호색은 싫어. 대문 앞에 한 놈이 있더군.

올리비아 아, 그러니, 누구냐니까요?

---

18. 올리비아가 늘어져 있다고 'lethargy'(무기력)라고 한 말을 'lechery'(호색)으로 잘못 들은 것.

토비 좋다면 악마라 하라지. 신경 안 써. 내 이르노니, 내게 믿음을 주소서. 뭐, 상관없어. [퇴장]

올리비아 바보야, 술 취한 사람은 뭐와 같지? 120

페스테 물에 빠진 사람과 바보광대와 미치광이 같습지요. 주량을 넘어서 한잔 마시면 바보가 되고, 그 다음 두 번째 잔은 실성하게 만들고 그리고 세 번째 잔은 익사시켜 버리니까요.

올리비아 가서 검시관을 찾아와. 그리고 와서 숙부님을 살펴보라고 해. 세 번째 단계로 취해 있으니까. 익사해 버리셨거든. 가서 좀 돌봐 125 드려라.

페스테 아가씨, 그분은 아직은 실성한 상태에 불과해요. 나 원 참, 바보가 미치광이를 돌보게 생기다니. [퇴장]

말볼리오가 등장한다.

말볼리오 아가씨, 그 젊은이가 꼭 직접 뵙고 말씀드리겠다고 합니다. 아가씨께서 편찮으시다고 이야기를 했는데도, 이미 알고 있다며 그러 130 니 아가씨와 꼭 만나서 이야기하러 왔다고 합니다. 주무시고 계시는 중이라고 했더니 — 그것도 이미 알고 있었던 듯합니다. — 그래서 아가씨와 이야기하러 왔다고 합니다. 무어라고 그 사람에게 이야기해야 할까요? 어떠한 구실을 대도 끄떡도 하지 않습니다. 135

올리비아 나와 이야기를 나눌 수는 없다고 전하게나.

말볼리오 이미 그렇게 이야기해주었습니다. 그랬더니 그자는 마치 시청 문간의 말뚝처럼 문밖에 서 있을 것이며 의자 버팀대가 되더라도 아가씨와 이야기를 나누겠다고 합니다.

140 **올리비아** 어떤 부류의 사람이더냐?

말볼리오 뭐, 보통 사람입니다.

올리비아 어떤 태도를 지닌 사람이지?

말볼리오 매우 불량합니다. 아가씨가 어떻건 그자는 이야기 나누겠다고 합니다.

145 **올리비아** 어떤 사람이며 나이는 얼마나 되는데?

말볼리오 사내라고 할 만큼 나이 먹지는 않았고, 사내아이라 할 정도로 어린 것도 아닙니다. 콩알이 다 익기 전의 풋콩이라 할까요. 아니면 거의 익은 사과가 되기 직전의 풋사과라 할까요. 사내아이와 사내 사이의 조류가 바뀌기 전의 잔잔한 물 상태에 있습니다. 아
150 주 매력적이고 말도 그럴싸하게 잘 합니다. 아직 어머니의 젖비린내가 가시지 않은 상태로 보입니다만.

올리비아 그 사람을 이리로 안내하게. 시녀를 불러주게나.

말볼리오 이봐라, 아가씨께서 부르신다. [퇴장]

마리아가 등장한다.

올리비아 내 베일을 주렴. 자, 그걸 내 얼굴에다 씌워라.
155 오르시노 공작이 보낸 사절의 말을 한 번 더 들어보자꾸나.

바이올라가 등장한다.

바이올라 어느 분이 이 댁의 정숙하신 아가씨이신지.

올리비아 말해 봐요. 내가 답할 테니. 원하는 게 뭐죠?

바이올라 가장 눈부시고, 절묘하시며, 견줄 데 없는 아름다운 분이시여 — 제발 이 댁 아가씨이신지 말씀해 주십시오. 저는 그분을 뵌 적이 없으니까요. 제 이야기를 헛되이 쏟아내 버리고 싶지는 않습니다. 160 굉장히 훌륭하게 씌어졌을 뿐 아니라, 그걸 외우느라고 무진장 애를 썼거든요. 아름다운 숙녀 분들, 제발 빈정대지는 마세요. 저는 마음이 매우 약하답니다. 조그마한 냉대에도 말입니다.

올리비아 어디서 오셨는지?

바이올라 제가 연구한 것 그 이상은 말씀 드릴 수가 없습니다. 게다가 165 그 질문은 제가 맡은 역할 밖입니다. 너그러운 아가씨, 부디 이 댁 아가씨라면, 그렇다고 말씀해주십시오. 제 대사를 계속 이어나갈 수 있도록 말입니다.

올리비아 댁은 희극 배우이신가요?

바이올라 단연코, 아닙니다. 하지만, 가장 잔인한 냉대에 접하여, 맹세컨 170 대, 지금 맡고 있는 역할을 하는 사람은 아닙니다. 이 댁 아가씨이신가요?

올리비아 그래요. 부당하게도 내 육신을 차지해 버린 게 아니라면요.

바이올라 그분이시라면 분명코 부당하게도 차지하고 계신 겁니다. 내어주어야 할 아가씨 물건은 지니고 있어야 할 아가씨 물건이 아니니까 175 요. 이 말은 제가 한 부분입니다. 아가씨를 찬양하는 제 대사를 계속 이어갈 것이고, 전달할 사항의 그 심장부를 보여드리겠습니다.

올리비아 거기서 중요한 부분으로 바로 가세요. 용서할 테니, 찬양 부분은 그냥 생략하시고.

180 **바이올라** 아니, 그걸 외우느라 무진장 고생했고, 또한 매우 시적입니다.

올리비아 그렇다면 더더욱 꾸며진 게 틀림없겠네요. 부디 그 부분은 그냥 넣어 두세요. 제 집 문 밖에서 버릇없게 군다기에, 누군지 궁금해서 들어오게 한 거예요. 이야기를 듣기 위해서라기보다는요. 실성한 거라면 그냥 가세요. 분별심이 있다면 간단히 하세요. 지금
185 은 그토록 정신 나간 대화나 주고받고 있을 기분이 아니니까요.

마리아 자, 돛을 올리고 떠나가실 준비는 되셨지요? 길은 이쪽입니다.

바이올라 아닙니다. 갑판 청소부 아가씨. 여기 좀 더 정박하고 있을 겁니다. 아가씨, 아가씨의 이 거대한[19] 보호자를 좀 진정시켜주십시오! 아가씨의 생각을 말씀해주세요. 저는 사절이랍니다.

190 **올리비아** 그렇지요. 댁은 전달해야할 끔찍한 내용을 가지고 있지요. 그걸 전하느라 그렇게 형식을 차리시다니. 댁의 임무를 말해보세요.

바이올라 오로지 아가씨께만 들려드려야 합니다. 전쟁 포고도, 배상 요구도 가져온 게 아닙니다. 저는 제 손에 올리브를 들고 있습니다. 제 말들은 그 내용이 평화로 가득 찬 것입니다.

195 **올리비아** 하지만 무례하게 시작했어요. 당신은 누구지요? 무슨 일로 왔나요?

바이올라 제가 보여드린 무례함은 바로 제가 받은 대접에서 배운 겁니다. 제가 누구이고 무슨 일로 왔는지는 처녀의 정조만큼이나 비밀스러운 것입니다. 아가씨의 귀에는 성스러운 교리이겠지만, 다
200 른 이들에게는 신성 모독이지요.

올리비아 자, 다들 잠깐 물러가 있거라. 이 신성한 교리를 들어볼 테니.

---

19. 몸집이 작은 마리아를 두고 농담을 하는 것이다.

마리아와 시종들 퇴장한다.

자, 이제, 댁의 본문 내용이 무엇인지요?

바이올라 가장 아름다운 아가씨—

올리비아 위안이 되는 교리로군요. 또 그 점에 대해서는 많은 것이 이야기 되겠군요. 댁의 본문은 어디 있는지요? 205

바이올라 오르시노 공작님의 가슴 속입니다.

올리비아 그분의 가슴 속이라니? 그분 가슴 속의 몇 장인가요?

바이올라 교리문답식으로 답변 드리자면, 그분 가슴 속의 첫 장입니다.

올리비아 아, 그 부분은 이미 읽었답니다. 이단이더군요. 더 하실 말씀이 있으신지? 210

바이올라 아가씨, 얼굴을 보여주십시오.

올리비아 제 얼굴을 가지고 협상하라고 댁의 상전에게서 허락은 받았나요? 지금 본문 내용에서 벗어나고 있군요. 하지만 이 휘장을 걷어내고 그 그림을 보여주도록 하겠어요. [베일을 벗는다.] 자, 보세요. 이전의 저와 마찬가지로 지금 이 모습이에요. 정말 잘 빚어지지 않았나요? 215

바이올라 훌륭하게 만들어졌군요. 하나님께서 그 전부를 하셨다면요.

올리비아 네, 자연스러운 모습이지요. 바람과 궂은 날씨도 견딜 거예요.

바이올라 자연의 감미롭고도 절묘한 솜씨가 만들어 놓은
진정 붉은 빛과 하얀 빛이 잘 혼합된 아름다움이십니다. 220
아가씨, 만일 이러한 아름다움을 그냥 그대로 무덤에 가져가시고
이 세상에는 복사본 하나 남겨놓지 않으신다면
아가씨께서는 세상에서 가장 잔인한 분이십니다.

올리비아 오 이런, 저는 그렇게 마음씨 혹독하게 굴지 않을 거예요. 내
225 아름다움의 여러 세부사항들을 드러내 보일 거예요. 품목별로 목
록을 만들 거고, 모든 품목과 사항을 유언장에 적어둘 거예요. 이
렇게 말이죠. 품목 1: 아름다운 붉은 두 입술. 품목 2: 회색 빛 두
눈과 눈꺼풀. 품목 3: 목 하나, 턱 하나 등등. 저에 대한 예찬을
하시려고 댁이 이리로 보내졌나요?

230 **바이올라** 아가씨가 어떤 분이신지 알겠군요. 너무 교만하십니다.
하지만 아가씨께서 악마라 할지라도, 아름다우십니다.
제 상전이자 주인께서 아가씨를 사랑하고 계십니다. 오, 그와 같은
사랑은 보답 받을 수밖에 없습니다. 아가씨께서 비길 바 없는
그런 아름다움을 지니고 계시다 하더라도 말입니다.

235 **올리비아** 그분이 저를 어떻게 사랑하시는데요?

바이올라 사모하시고, 눈물을 마구 쏟으시며,
사랑을 울리는 천둥 같은 신음과 불같은 한숨을 내쉬고 계십니다.

올리비아 댁의 상전께서는 제 마음을 아십니다. 저는 그분을 사랑할 수
없어요.
하지만 덕망 있으시다고 생각하고, 고귀하신 분으로 알고 있어요.
240 굉장한 재력에다 참신하며 흠 잡을 데 없는 젊은 분으로 알고 있어요.
사람들에게 평판도 좋으시고, 너그러우시고, 박학하시며 용맹스럽고
게다가 용모와 타고난 모습도 훌륭하신 분이지요.
하지만 저는 그분을 사랑할 수가 없네요.
오래 전에 그분은 이미 이 대답을 받았을 텐데요.

245 **바이올라** 제가 주인님과 같은 열정을 품고 그와 같이 고통스러워하며, 그

와 같이 사랑 때문에 죽어갈 정도로 아가씨를 사랑한다면, 저는
아가씨께서 거절하는 데서 어떠한 분별력도 보지 못할 겁니다.
저는 이해하지 못할 겁니다.

올리비아 그럼, 댁은 어떻게 하시려고요?

바이올라 아가씨의 자택 앞에다 버드나무로 오두막을 짓고, 250
그리고 그 집 안에 있는 내 영혼을 불러대겠어요.
경멸당한 사랑에 대한 충실한 노래를 지어
한밤중에조차도 큰소리로 노래 부를 겁니다.
아가씨 이름을 외쳐대어 산울림이 되게 하고
공기의 재잘대는 소리들이 '올리비아'라고 255
외치게 만들 거예요. 오, 아가씨는 허공과 땅 사이에서
쉴 수 있는 곳이 없으실 겁니다.
저를 가엾게 여겨주시지 않는다면 말이지요.

올리비아 그렇게까지도 할 것 같군요. 부모님은 어떤 분들이신가요?

바이올라 현재의 제 신분 이상이지요. 하지만 지금 제 상태도 좋습니다. 260
저는 신사입니다.

올리비아 댁의 상전에게 가서 전하세요.
그분을 사랑할 수 없다고. 더 이상 사람을 보내시지 말라고—
그분이 어떻게 받아들이시는지 알려주려고
혹 당신이 제게 다시 오지 않는다면 말이지요. 잘 가요. 265
당신의 노고에 감사드려요. 이걸 받으세요.

바이올라 아가씨, 전 돈을 받는 직책은 아닙니다. 지갑은 넣어두세요.
제가 아니라 제 주인님께서 보답이 필요하십니다.

사랑의 신이 아가씨가 사랑하게 될 그 남자의 마음을 부싯돌같이
만들어버리시길 —
270 그리고 아가씨의 애정은 우리 주인님의 경우처럼,
경멸당하게 되길. 안녕히, 아름답고 잔인한 아가씨. [퇴장]

올리비아 '부모님은 어떤 분들이신가요?'
'현재의 제 신분 이상이지요. 하지만 지금 제 상태도 좋습니다.
전 신사입니다.' 당신이 그렇다고 맹세할 수 있겠네요.
275 당신의 말이며, 얼굴이며, 다리며, 행동들이며 그리고 그 기상이
다섯 곱절이나 그렇다는 걸 보여주고 있으니까요. 너무 성급하면
안 돼! 진정해! 진정!
그 상전이 그 남자가 아니라면 — 자, 이제는 어쩐다?
이토록 신속하게 그 열병에 걸려버리다니.
내 생각에 이 젊은이의 완벽함이
280 눈에 보이지 않은 채 미묘하게 살그머니
내 두 눈에 슬며시 기어들어 온 것 같구나. 뭐, 그러라지.
이봐요, 말볼리오!

말볼리오가 등장한다

말볼리오 아가씨, 여기 대령했사옵니다.

올리비아 공작의 신하인 그 고집 센 사절을 뒤따라 가보게나.
285 내가 원하든 않든 간에 그자가 이 반지를 남겨놓고 갔으니.
가서 그 사람에게 전하게. 난 그 반지를 받지 않겠다고.
자기 상전에게 아부를 하거나 괜한 희망을 부여잡고 있도록

만들지 않기를 바란다고 말이야. 난 그분은 마음에 없으니.

만약 그 젊은이가 내일 이리로 온다면

그 이유를 말해줄 거야. 말볼리오, 어서 가보게나. 290

말볼리오 네, 아가씨, 분부대로 하겠습니다.

올리비아 뭐가 뭔지 모르겠어. 두렵구나. 내 눈이 내 마음에

너무도 크나큰 아첨쟁이가 되어버린걸 보기가.

운명이여, 네 힘을 보여주렴. 우린 우리 운명의 주인이 아니니까.

정해져 있는 일은 그대로 되는 법. 그러니 이 경우도 그러겠지. 295

[퇴장]

2막

1장

해변가

안토니오와 세바스찬이 등장한다.

안토니오 더 머물지 않으시겠소? 내가 함께 동행해주기를 바라지는 않으시오?

세바스찬 죄송합니다. 아닙니다. 저는 재수 없고 불운한 놈입니다. 제가 타고난 불행한 운명이 당신께도 영향 미칠지 모를 일입니다. 부디 5 혼자서 불행을 감당할 수 있도록 떠나는 걸 허락해주시기 바랍니다. 당신께 그 어떤 불행이라도 떨어지게 한다면 애정을 원수로 갚는 셈일 겁니다.

안토니오 하지만 어디로 가는지 알려주시구려.

세바스찬 아닙니다. 저의 정해진 여행이란 그저 떠도는 일입니다. 하지만 10 너무도 겸손한 분이신 듯 여겨져 제가 감추고 싶어 하는 것을 요구하실 분 같지 않으시군요. 예의상 오히려 제가 말씀드려야 할 것 같습니다. 그렇다면 저에 관해 아셔야만 합니다. 안토니오 님, 로드리고라고 했지만 제 이름은 세바스찬입니다. 부친은 제가 알기에 당신도 들어보신 적 있을 바로 그 메살린 시의 세바스찬이십니다. 15 부친께서 돌아가신 후 저와 누이동생만 남았는데, 저희 둘은 한날 한시에 태어났지요. 하늘만 허락했다면, 마찬가지로 같이 죽었어야

했건만! 하지만 당신이 바꾸어 놓으셨습니다. 바다의 노도에서 저를 구해 주시기 바로 몇 시간 전에 제 누이동생은 물에 빠져 죽었으니까요.

안토니오 아, 저런! 20

세바스찬 누이동생은 저를 상당히 많이 닮았다고들 했지만, 많은 사람들이 누이동생을 미인이라 여겼지요. 하지만 그와 같이 지나친 찬탄은 믿지 않지만, 그래도 이렇게는 장담할 수 있답니다. 누이동생은 질투하는 사람들조차도 아름답다고 할 수밖에 없는 그런 심성을 지녔다고 말입니다. 제 누이는 이미 소금기 가득한 바다 속에 빠져 죽었습니다. 누이에 대한 기억으로 또다시 눈물에 빠져 죽을 것만 같군요. 25

안토니오 미안하군요. 변변히 대접도 못해 드려서.

세바스찬 선량하신 안토니오 님. 폐를 끼친 점 양해해주시기 바랍니다.

안토니오 내가 슬퍼서 죽기를 원치 않는다면, 나도 동행하게 해주시구려. 30

세바스찬 당신께서 이루어놓으신 일을 망치고 싶지 않으시다면 — 살려 놓은 사람을 죽이는 일 말입니다 — 부디 그러지 마십시오. 지금 당장 작별하지요. 마음은 매우 아픕니다만, 자칫하면 저는 제 어머니같이 되어 두 눈이 눈물을 쏟아낼지도 모를 지경입니다. 저는 오르시노 공작의 궁으로 갑니다. 안녕히 계십시오. 35

[퇴장]

안토니오 온갖 신들의 가호가 당신과 함께 하길!

나는 오르시노 공작의 궁에 적이 많이 있소.

그렇지만 않다면 당장이라도 그곳에서 당신을 만나겠소만.
40 하지만 무슨 일이 일어나건 상관 않겠소, 댁을 매우 숭배하니
그런 위험조차도 놀이로 보일 것이요, 그러니 내가 동행하리다.

[퇴장]

2장

올리비아의 저택 근처 어느 거리

바이올라와 말볼리오가 등장한다.

말볼리오 댁이 방금 전에 올리비아 아가씨 댁에 계셨지요?

바이올라 네, 방금 전에요. 그리고 그 이후 보통 걸음걸이로 여기까지 왔습니다만.

말볼리오 아가씨께서 이 반지를 돌려주시랍니다. 댁이 그걸 가져갔더라면, 내 수고를 덜 수도 있었을 텐데. 게다가, 아가씨께서 덧붙이시기를, 그쪽의 상전에게 가서 아가씨께서는 그분에게 전혀 마음이 없다는 점을 분명히 해달라고 하셨소이다. 또 한 가지 더, 그분의 일로 다시 찾아온다거나 하는 당돌한 행동은 삼가 하라고 하셨소. 당신 상전이 이 일을 어떻게 받아들이는지 보고하기 위한 게 아니라면 말이오. 자 받으시오. 5 10

바이올라 아가씨께서 나한테 반지를 받았다니. 그걸 받지 않을 테요.

말볼리오 이봐요, 어서. 무례하게도 그걸 아가씨께 던져 놓았잖소. 그리고 되돌려주어야 된다는 것이 아가씨의 뜻이오. 몸을 굽혀 주울만한 가치가 있는 거라면 [반지를 던진다.] 거기, 눈앞에 있으니, 알아서 하쇼. 그럴 가치가 없다면, 누구든 줍게 되는 사람이 갖게 내버려 두든지. 15

[퇴장]

바이올라 난 반지를 두고 온 일이 없는데. 이 아가씨가 무슨 의도로?
운명이여 내 외모가 아가씨를 매혹시키지 않았기를!
나를 열심히 보셨지, 정말 너무 그러셔서
그분의 눈이 할 말을 잃었다는 생각이 들었어.
20 불쑥 불쑥 뜬금없이 말씀하셨으니까, 정신 나간 듯이 말이야.
틀림없어. 아가씨는 날 사랑해. 그분의 열정 때문에 머리를 써서
이 심술궂은 사람을 보내 나를 떠보는 거야.
내 주인님의 반지는 못 받겠다고? 반지를 보내신 적도 없는데.
내가 바로 그 남자로구나! 그렇다면, 사실이 그러한데,
25 불쌍한 아가씨, 꿈속에서 사랑하는 게 더 나으실 텐데.
변장이여, 네놈은 참으로 사악한 놈이로구나.
술수를 쓰는 악마가 많이 하는 짓이지.
잘생긴 사기꾼들이 여자들의 밀랍 같은 마음속에다
자신의 모습을 새겨놓는 일이란 그 얼마나 쉬운 일이더냐!
30 아, 이런, 여자의 연약함이 잘못이지, 우리들 여자가 아니라,
우리는 그렇게 만들어졌으니, 그 모양인 거야.
앞으로 어찌 될까? 주인님은 아가씨를 그토록 사랑하시는데.
그리고 난, 이 괴물 같은 망측한 모습으로, 그분을 이토록 좋아하는데
그 아가씨는, 잘못 알고, 내게 마음이 빼앗긴 것 같으니.
35 아, 이 일이 어떻게 될까? 나는 사내의 차림이니,
내 처지는 주인님의 애정을 얻을 가망이 없어.
나는 또 여자이기에 — 아, 이런 세상에! —
불쌍한 올리비아 아가씨는 또 얼마나 헛된 탄식만 내뱉어야 할까?

오 시간아, 네가 엉켜있는 이 실타래를 풀어줘야겠구나. 내가 아니라.
내가 풀기에는 매듭이 너무나도 단단히 엉켜있구나. [퇴장] 40

3장

올리비아의 저택

토비 경과 안드류 경이 등장한다.

토비 안드류 경, 이리 오시게. 한밤중이 지난 후에도 잠자리에 들지 않았다는 건 일찍 일어났다는 거요. 알고 있지요, '일찍 일어나는 것이 건강에 최고' —

안드류 난, 그런 거 모르오. 하지만 밤늦게까지 일어나 있는 건 밤늦게까
5 지 안 자고 있는 거라는 건 알고 있소.

토비 말도 안 되는 결론! 채우지 않은 술병 같은 그 따위 소리는 싫소. 한밤중이 지난 후에도 일어나 있고, 그러고 나서 잠자리에 드는 건 일찍이란 말씀이오. 그러니 한밤중이 지난 다음 잠자리에 드는 건 제 시간에 잠자리에 드는 것이오. 우리 생명은 4개 원소[20]로 되어 있는 것 아니오?

10 **안드류** 그렇게들 말하더군요. 하지만 내 생각으로는 오히려 먹기와 마시기로 이루어져있는 것 같소만.

토비 이런, 그대는 학자이시군요. 그러니 우리 먹고 마십시다. 마리안, 이봐! 술 한 병 가져와!

페스테가 등장한다.

---

20. 당시에는 우주 삼라만상이 모두 4개의 원소, 즉 흙, 물, 공기, 불로 이루어져 있다고 믿었다.

안드류 여기 바보광대가 오는군.

페스테 안녕들 하신가요, 나리님들? '우리 셋'[21]이라는 그림 본 적 없으신가요? 15

토비 어서 오게, 바보야. 자, 이제 돌림노래나 부르세.

안드류 장담하는데, 이 바보광대는 굉장한 목소리를 지니고 있소이다. 이 바보가 가진 그런 다리와 음성을 가질 수만 있다면, 40실링이라도 내겠소. 어젯밤 자네는 정말 멋들어지게 광대 짓을 해주었네. 피그로마이터스에 대한 이야기며, 퀘우부스의 적도를 지나가는 바피안 사람들에[22] 대해 이야기 해줬던 거 말이네. 정말 재미났어. 자네 애인에게 주라고 자네한테 6펜스 보내줬는데. 그 돈은 받았는가? 20

페스테 대에게의 흐오우의에 그아암스아히였습네다.[23] 말볼리오의 코는 채찍 손잡이는 아니더군요. 우리 아가씨 손은 하얀 손, 그리고 머미돈즈[24]는 싸구려 술집이 아닙지요. 25

안드류 멋들어지는군! 아, 이건 최고의 익살이구먼. 상황이 전부 종료된 다음에 말이야. 자, 노래 한곡 뽑아보게나!

토비 자, 어서, 여기 6펜스 있네. [동전 한 닢을 준다.] 노래 한 곡조 뽑아보게나. 30

---

21. 두 명의 바보광대가 그려져 있고 셋째 바보가 누구냐고 묻는 질문이 있는 간판. 보고 있는 관객이 세 번째 바보인 셈이다.
22. 광대가 지혜가 많고 유식한 척 가장하며 지어냈던 이야기들을 말한다.
23. '댁의 호의에 감사하였습니다'라는 광대의 말장난이다.
24. '머미돈즈'(Myrmidons)는 아킬레스의 부하들로, 셰익스피어 시대에 런던에 있던 술집 이름인 '머메이드 인'(Mermaid Inn)을 가지고 말장난 하고 있다.

안드류 자, 나도 여기 6펜스 주겠네. [동전 한 닢을 준다.] 기사 한 명이 주면야—

페스테 사랑 타령을 할까요, 아니면 인생 찬가를 할깝쇼?

35 **토비** 사랑 타령이요, 사랑 타령!

안드류 그래, 그래. 인생 찬가 따윈 집어치워.

페스테 [노래한다.] *오 내 사랑 그대, 어디로 가고 계시는가?*

오 발걸음을 멈추고 들어보오, 그대의 진짜 사랑이 오는 소리를,

높게도 낮게도 온갖 노래를 부를 수 있는 이로다.

40 *더 이상 가지 마오, 어여쁜 내 사랑.*

여행이란 사랑하는 이들이 만나는 데서 끝나는 법.

현명한 사람이라면 모두가 알고 있다오.

안드류 훌륭해, 멋지군. 정말.

토비 잘했네, 잘했어.

45 **페스테** [노래한다.] *사랑이란 무엇인가? 이후에 올 것이 아니라네.*

이 순간의 즐거움이 이 순간의 기쁨이라네.

앞으로 올 일이란 여전히 불확실한 것이라네.

지체하면 남는 것이 많지 않다네,

그러니 이리와 입맞춰주시게, 달콤하게 그 몇 곱절이나 되게,

50 *청춘의 물건은 영원히 계속되지 않나니.*

안드류 정말 감미로운 목소리로군. 내가 진짜 기사인 것처럼이나.

토비 코끝을 찡하게 하는 소리군.

안드류 정말 감미롭고 찡하게 하는 소리야.

토비 코로 그 곡조를 듣는다면, 찡하게 감미로울걸. 그런데 정말 하늘

이 빙빙 돌 때까지 한번 몸을 흔들어보지 않겠나? 직조공 한 명 55
에게서 세 개의 영혼을 끌어내서 돌림노래를 만들어 올빼미를 깨
워 볼까나?[25] 어디 한번 그래 볼까나?

안드류 좋소, 해봅시다. 돌림노래는 사냥개같이 내가 전문이지.

페스테 아, 나리, 어떤 개들은 잘 붙잡지요.

안드류 그럼, 확실하지. 돌림을 '너 이 나쁜 놈아'로 하세. 60

페스테 기사님, '입 닥쳐, 너 이 나쁜 놈아'? 기사님을 나쁜 놈이라고 불러야 하는뎁쇼?

안드류 나쁜 놈이라 부르게 그냥 내버려둔 적은 이번이 처음은 아니네. 자, 바보, 시작해봐. 이렇게 시작하지. [노래한다.] '입 닥쳐'.

페스테 입 닥치면 절대 시작할 수가 없는뎁쇼. 65

안드류 그래, 좋아. 자, 시작.

같이 노래를 부른다.

마리아가 등장한다.

마리아 아니, 여기서 이게 웬 난리법석들이에요? 아가씨께서 말볼리오 집사를 불러 모두 문 밖으로 내쫓아 버리라고 분부하시지 않으신다면, 제 손에다 장을 지질게요.

토비 아가씨는 악당, 우리는 정치가, 말볼리오는 펙아렘지.[26] 그리고 70
[노래한다.] '*우리는 바로 즐거운 세 사나이*'. 내가 같은 핏줄 아닌

---

25. 음악은 사람의 몸에서 영혼을 끌어낸다고 이야기되었다.
26. 대중가요에 나오는 인물로, 몰래 따라다니며 숨어서 살피는 아내이다.

가? 난 아가씨 혈통이 아닌가? 법석대긴! '아가씨!' [노래한다.] '*아가씨, 아가씨, 바빌론에 한 사내가 살았다네.*'

페스테 이런 세상에, 이 기사님도 꽤 익살을 아시는구먼요.

75 **안드류** 그럼, 잘 알다마다, 그 양반이 그러면 나도 마찬가지네. 저 양반은 좀 더 품위 있게 하지만, 난 좀 더 자연스럽게 있는 대로 놀지.

토비 [노래한다.] '*오 12월 12일—*'

마리아 제발 좀, 조용히 해요!

말볼리오가 등장한다.

말볼리오 여러분들, 정신 나가셨소? 아니면 댁들은 뭡니까? 분별도, 예의
80 도, 판단력도 없는 겁니까? 이런 한 밤중에 땜장이들 마냥 나불나불 대고 있다니. 아가씨 댁을 싸구려 술집으로 만들 참입니까? 전혀 조심하려 신경도 쓰지 않고 목소리도 낮추지 않은 채 구두장이들이 하는 돌림노래나 꽥꽥대고 있다니. 이 댁과 사람들에 대한 예의도 모르고, 시간 개념도 없는 겁니까?

85 **토비** 이것 봐, 우린 돌림노래 부르면서 돌려 부를 시간 잘 지켰네. 꺼져!

말볼리오 토비 나리, 제가 좀 솔직히 말씀드려야만 하겠습니다. 아가씨께서 이렇게 말씀드리라고 분부하시더군요. 비록 혈육이라 집에 머무시도록 허용하시지만, 소란을 피울 때는 남남이라고 말입니다. 자신과 그 처신을 따로 떼어 놓으실 수 있다면야 이 댁에서 나리는
90 환영입니다만, 그렇지 못 하시다면, 그만 떠나 주십사하고요. 아가씨께서는 기꺼이 나리께 작별을 고하시겠답니다.

토비 [노래한다.] '*안녕, 사랑하는 내 님아, 나는 이제 가야만 하는 몸이네*'

마리아 이보세요, 토비 나리.

페스테 [노래한다.] *'그의 두 눈은 제 시절이 거의 다 지난 것을 보네.'*

말볼리오 이딴 식으로 나올 거요? 95

토비 [노래한다.] *'하지만 난 절대 죽지 않으리.'*

페스테 [노래한다.] *'토비 나리, 그곳에 누워 계시군요.'*

말볼리오 댁한텐 굉장한 명예로군.

토비 [노래한다.] *'내 저놈을 보내버릴까?'*

페스테 [노래한다.] *'그러면 뭐하시게요?'* 100

토비 [노래한다.] *'저놈을 보내버릴까, 아니면 살려두지 말까?'*

페스테 [노래한다.] *'오, 아니, 아니, 아니, 아니, 감히 못 하실 걸'*

토비 음정이 틀렸잖아, 이 거짓말쟁이야! 네놈은 집사 나부랭이 밖에 더 되느냐? 네놈 생각에는, 덕망이 있다고 해서, 술도 안주도 없어야 한다 이거냐? 105

페스테 맞습니다요, 앤 성녀님[27]께 맹세코, 술에든 생강 맛도 입에서 매울 걸요. [퇴장]

토비 딱 맞추었어. 자 가서 빵 부스러기로 네놈 시곗줄이나 문질러 대라구. 마리아, 술 한 병 더 가져와!

말볼리오 마리아 양. 우리 아가씨의 총애를 무시하지 않는다면, 이런 무례한 난장판에는 빌미를 주지 마시오. 내 기필코, 아가씨께 이 일을 고할 것이오. [퇴장] 110

마리아 가서 바보 같은 댁의 그 당나귀 귀나 흔들어대라지.

안드류 저런 놈한테 결투 신청을 하고나서, 그런 다음에는 그냥 그 약속

27. 성모 마리아의 어머니이다.

115 을 깨버려서 바보 꼴로 만들어 버리는 게, 허기질 때 술 마시는 것만큼이나 좋겠는데.

토비 기사 양반, 그러시지. 내가 결투장을 써 줄 테니. 아니면 구두로 경이 분개한 것을 그놈에게 전해주리다.

마리아 토비 나리, 오늘 밤만은 참으세요. 공작님이 보낸 젊은이가 오늘 120 아가씨를 만나고 간 뒤로, 아가씨께서 매우 심란해하고 계시니까요. 말볼리오 집사 일은 제가 알아서 처리할게요. 만약 그 작자를 멋지게 속여 넘겨 사람들의 놀림감으로 만들지 못한다면, 이 몸은 침대에 똑바로 누울 머리조차도 없다고 생각하셔도 좋아요. 두고 보시라고요.

125 **토비** 이야기해줘, 말해봐, 그놈에 대해 말 좀 해봐.

마리아 그러죠, 나리. 이따금씩 그 작자는 일종의 청교도 같아요.

안드류 오, 그 점을 생각이라도 했더라면, 개처럼 두들겨 패줬을 텐데.

토비 뭐요, 청교도라는 이유로? 기사 양반, 그렇다면 당신의 멋들어진 이유로는?

130 **안드류** 나야 뭐 그것에 대해 멋들어진 이유는 없지만, 꽤 상당한 이유야 있지요.

마리아 저 작자가 청교도라도 되거나 일관되게 뭐라도 된다면야. 헌데, 그저 기회주의자에다, 궁의 예법이나 외우고 다니면서 나부랑 대고 괜히 잘난 척하는 바보 천치일 뿐이지요. 제 스스로가 굉장히 135 잘났다고 여기고, 본인 생각으로는 자기가 너무 멋지고 온통 훌륭함 천지인지라, 자기를 보는 사람들은 죄다 홀딱 반해버린다고 착각하고 있거든요. 그 작자의 바로 그 점을 이용해서 걸려들게 만들어 고소하게 복수할 거예요.

토비 어떻게 할 참인데?

마리아 애매모호하게 쓰인 연애편지를 그 작자가 다니는 길목에다 떨어뜨려 놓을 거예요. 그 편지 속에는 그자의 수염 색깔이며, 다리 모양, 걸음걸이, 눈의 표정, 이마, 얼굴빛 등을 담아, 자신을 그대로 묘사한 것처럼 착각하게 만들 거구요. 저는 나리 조카 따님이신 우리 아가씨의 필체와 똑같이 쓸 수 있답니다. 잊었지만 언젠가 한번은 우리 두 사람의 필체를 거의 분간할 수가 없었거든요. 140 145

토비 훌륭해! 계략이 짐작이 가는군.

안드류 저도 낌새를 알겠군요.

토비 그놈이 착각하게 만들겠다는 거지. 자네가 떨어뜨려 놓은 편지를 가지고 그놈이 내 조카딸이 쓴 편지라고 여기고 조카딸이 자기한테 사랑에 빠져 버린 것처럼 여기게 말이야. 150

마리아 제 계획이 바로 그런 종류랍니다.

안드류 이제 그 계획이 그놈을 바보로 만들겠군.

마리아 바보인 것은 틀림없어요.

안드류 오, 탄복할 만할 거야!

마리아 장담하는데, 엄청 재미날 거예요. 제 처방이 그자에게 먹혀들 게 틀림없어요. 두 분을 심어드릴게요. 광대도요. 그 작자가 편지를 발견하게 될 곳에다가요. 그걸 어떻게 해석하는지 잘 두고 보세요. 오늘밤은 잠자리에서 이 계략에 대한 꿈이나 꾸세요. 그럼, 안녕히. [퇴장] 155

토비 안녕히 주무시구려, 펜테실리아[28]여.

---

28. 아마존 족의 여왕으로, 마리아가 키가 작은 것을 언급하는 것이다.

160 **안드류** 정말로, 좋은 여자군요.

토비 저 여자는 순종 사냥개라오. 게다가 나를 사모하고 있지. 어떻소이까?

안드류 이 몸도 한때는 사모 받았습지요.

토비 기사 양반, 자러 갑시다. 그쪽은 돈을 더 보내달라고 해야 하겠소
165 이다 그려.

안드류 조카 따님을 제 수중에 넣을 수 없다면, 전 끝장입니다.

토비 기사 양반, 돈을 가지러 보내시오. 경이 내 조카딸을 결국 못 얻게 되거든 나를 바보천치라고 부르시오.

안드류 그러지 않는다면, 절대 나를 믿지 마시오. 맘대로 생각하시고.

170 **토비** 자, 자, 어서. 나는 가서 따끈한 술이나 한잔 걸칠 걸세. 지금 잠자리에 들기엔 너무 늦었거든. 자, 기사 양반, 어서, 기사 양반.

[모두 퇴장]

4장

공작의 궁

오르시노 공작과 바이올라, 큐리오와 신하들이 등장한다.

오르시노 음악을 좀 들려다오. — 어서들 오거라.
자, 세자리오, 어젯밤 우리가 들었던
그 오래되고 고풍스러운 노래, 그 노래 좀 들려다오.
내 생각에 그 곡이 내 열정을 상당히 덜어주었던 것 같다.
정말 가볍고 빠른 박자의 5
기교적이고 현란한 이런 곡들보다 훨씬 더 나았지.
자, 어서, 한 곡 부탁하네.

큐리오 공작님, 송구하옵니다만, 그 노래를 부를 사람이 지금 여기 없습니다.

오르시노 그자가 누구였지? 10

큐리오 광대 페스테라고 합니다. 올리비아 아가씨의 부친께서 매우 아끼셨던 어릿광대지요. 아마 이 궁 주변에 있을 겁니다.

오르시노 가서 그자를 찾아 오거라. 그동안 음악을 연주해주게나.

[큐리오 퇴장.]

음악이 연주된다.

자, 이리 오너라. 네가 사랑에 빠지거든

15 그 달콤한 고통 가운데 나를 기억해다오.

진짜 사랑에 빠진 연인들은 모두 나와 같을 테니.

사랑하는 그 사람의 모습이 끊임없이 떠오르는 것 외에는,

온갖 다른 감정에 있어서는 불확실하고 들떠 있으니까.

이 곡조가 넌 어떠냐?

20 **바이올라** 사랑이 자리 잡은 그 옥좌에

바로 울려 퍼지는 것 같습니다.

오르시노 말도 절묘하게 하는구나.

장담하건데 너는 어리기는 하지만,

자신이 사랑하는 어느 얼굴 위에 네 눈이 머문 적이 있었겠지.

25 그렇지 않느냐?

바이올라 네, 약간 그랬다고 할 수 있겠지요.

오르시노 어떤 여인이었느냐?

바이올라 공작님과 비슷합니다.

오르시노 그렇다면 네가 아깝구나. 그런데 나이는 얼마나 되느냐?

30 **바이올라** 공작님 정도 됩니다.

오르시노 이런, 너무 나이가 많지 않느냐! 여자는 언제나 자기보다

나이 많은 남자를 골라야지. 그래야 늘 남편 마음속에

간직되고 늘 그 마음속에 있거든.

왜냐하면, 우리 남자들이 아무리 자화자찬할지라도,

35 우리 마음은 더 변덕이 심하고 불확실한 데다,

더 많이 갈구하고 더 흔들리기도 잘하고,

더 신속히 잊어버리고 또 얻으니까. 여자들보다도 말이야.

바이올라 공작님, 저도 그렇다고 생각합니다.

오르시노 그러니 네 사랑은 자기보다는 어린 사람이라야지,

그렇지 않다면 너의 애정이 지속될 수 없을 거다. 40

왜냐하면 여자들이란 장미꽃과 같아서, 아름다운 꽃 봉우리를

활짝 한번 피우고는, 바로 그 다음 순간 시들어버리니까.

바이올라 정말 그렇습니다. 아, 어쩌면 그럴까.

그냥 시들어버리다니. 완전히 무르익은 바로 그 순간에!

큐리오와 페스테가 등장한다.

오르시노 자, 이보게, 어서 오게. 어젯밤에 들었던 노래 한 곡조 부탁하네. 45

세자리오, 잘 들어봐. — 옛날 풍의 소박한 노래야.

따뜻한 양지 바른 곳에서 물레질하고 뜨개질하는 아낙네들이

또 레이스를 뜨는 근심 걱정 없는 처녀들이

부르곤 하는 노래지. 사랑의 순수함을 가지고 노는

소박한 진실이야. 50

옛날에 그랬던 것처럼 말이다.

페스테 공작님, 준비되셨나요?

오르시노 물론, 자 불러 보거라.

음악

페스테 *오너라, 오너라, 죽음아.*

와서 구슬픈 사이프러스 관속에 나를 누여다오. 55

꺼져 버려라, 꺼져 버려라, 호흡이여.
매정한 아름다운 아가씨에게 찔려 나는 죽나니,
주목나무 가지로 온통 뒤덮인 내 하얀 수의를
오 준비해다오.
60 *변함없는 사랑으로 인해 죽은 연인들 가운데*
나만큼 진실된 이는 없으리.

꽃은 필요 없다네, 아름다운 꽃은 필요 없다네.
시커먼 내 관 위에 뿌려질 꽃은.
친구도 말게나, 작별하러 오는 친구도 필요 없다네.
65 *내 뼈가 뿌려질 그곳으로, 가엾은 내 시신을 보러올 친구도.*
수천 번 또 수천 번의 탄식을 아끼기 위해
나를 묻어주게나, 오, 눈물을 쏟아 붓게 될
진정 사랑하는 슬픈 연인들이
결코 내 무덤을 발견 못할 그런 곳에다!

70 **오르시노** 자, 수고 많았다. 받아라. [돈을 준다.]
페스테 수고는요, 공작님. 전 노래 부르는 게 즐거움입니다요.
오르시노 그렇다면 자네의 즐거움에 대한 보답일세.
페스테 공작님, 정녕 즐거움에 대해서는 대가가 지불되어야지요. 어느 때건 간에 말입니다.
75 **오르시노** 자, 이제 물러가도 좋다.
페스테 이제 고독의 신께서 공작님을 보호해주시기를. 그리고 재단사가 오색찬란한 비단으로 조끼를 만들도록 시켜야겠군요. 공작님의 마음이 오팔처럼 변화무쌍하니까요. 저라면 그런 사람은 바다로 보내버리겠어요. 자기 일이 전부일 거고, 어디나 원하는 대로 갈 수 있을 테니요. 그저 아무 일 없이 좋은 여행을 하게 되는 바로 80
그 길이니까요. 그럼, 안녕히! [퇴장]

오르시노 자, 다른 사람들은 물러가 있거라.

큐리오와 신하들이 퇴장한다.

세자리오, 한 번 더
그 무정하고 매정한 아가씨에게 다녀 오거라.
가서 전해다오. 세상 어느 것보다도 더 고귀한 내 사랑은
더러운 토지의 양 따위는 문제시 않는다고. 85
운명이 그녀에게 안겨준 그 부나 지위는
운명만큼이나 가볍게 여긴다고 말해주어라.
하지만 자연이 그녀에게 수놓아준 그 보석의 여왕이자 그 기적이
내 영혼을 매료시켰노라고 말이다.

바이올라 하지만 아가씨께서 공작님을 사랑할 수 없다고 하시면요? 90

오르시노 그런 대답을 들을 수는 없다.

바이올라 하지만 공작님께서도 어쩌실 수 없으실 겁니다.
이를테면 어떤 아가씨가 — 혹 그런 사람이 있을지도 모르지만 —
공작님께서 올리비아 아가씨를 사랑하는 것만큼이나
굉장히 가슴 아프게 공작님을 사랑한다고 해보십시오. 공작님은
그 아가씨를 사랑하실 수 없구요. 95
공작님께서는 그렇게 말씀하셔야죠. 그렇다면 그 아가씨는 그런

대답을 들어야만 하는 것 아닌가요?

오르시노 지금 사랑으로 괴로워하는 이 내 마음만큼이나
그렇게 강한 열정으로 가슴을 치게 하는 것은
여자들의 경우는 있을 수 없다. 어떤 여자의 마음도
그토록 크고, 그토록 많이 담아낼 수가 없지. 여자들은 담을 능력
100 이 부족하거든.
안됐지만, 여자들의 사랑이란 식욕이라 불릴 수 있지.
간에서부터 일어나는 감정이 아니라, 촉각으로 나오는 거다.
배불리 먹고, 질려버려서 구토하는 그런 거지.
하지만 내 경우는 바다만큼이나 굶주려 있기에,
105 그 정도는 소화시킬 수 있다. 그러니 비교하려 들지 말거라.
어떤 여자가 나에 대해 지닐 수 있는 사랑과
내가 올리비아 아가씨에게 품은 그 사랑을 말이다.

바이올라 네, 하지만 제가 알기로는—

오르시노 그래 무얼 아는데?

바이올라 대단히 잘 알고 있답니다. 여자들이 남자들에 대해 어떤 사랑
110 을 품고 있는지.
진정, 여자들은 우리만큼이나 진실된 마음을 지니고 있답니다.
제 부친께는 딸이 하나 있었는데, 한 남자를 사랑했지요—
어쩌면, 그럴 수도 있겠지만, 제가 여자라면 말입니다.
저는 공작님을 사랑했을 겁니다.

115 **오르시노** 그래서 그 후 어찌 되었느냐?

바이올라 아무것도요, 공작님. 자신의 사랑에 대해 절대 이야기하지 않

았답니다.
하지만 꽃 봉우리 속을 파고든 벌레처럼, 그 비밀이
그 불그레한 뺨을 좀먹어 들어갔지요. 슬픔 가운데 수척해 갔고,
우울함으로 창백해지고 병이 든 채
조각해놓은 인내상 마냥 앉아 있었습니다. 120
자신의 슬픔을 바라보고 미소를 머금은 채. 이게 바로 진정 사랑
아니었던가요?
우리 남자들은 더 많이 말하고, 더 많이 맹세할지 모르지만,
정말 겉모양이 진심보다 더 과하답니다. 언제나 맹세로는
많이 입증해 보이지만 사랑에 있어서는 별로 입증하지 못하니까요.

오르시노 그러면, 자네 누이는 사랑 때문에 그만 죽어버렸느냐? 125

바이올라 제가 부친의 가문의 유일한 딸이자
유일한 남자이기도 합니다. 하지만 모릅니다.
공작님, 이 아가씨에게 가볼까요?

오르시노 그래, 참, 그게 용건이었지.
서둘러서 아가씨께 가 보거라. 이 보석을 갖다 주거라. 그리고 이
야기 하여라. 130
내 사랑은 양보될 수도 없고 거절당할 수도 없다더라고. [퇴장]

5장

올리비아의 정원

토비 경과 안드류 경, 그리고 패비언이 등장한다.

토비 패비언, 이쪽이네.

패비언 예, 갑니다요. 이런 재미를 조금이라도 놓친다면 우울증에 걸려 부글부글 끓다가 죽어버리게 될 겁니다.

토비 저 파렴치한 악당 같은 위선자 놈이 모두가 보는 데서 창피를 당하게 된다면 자네도 기쁘지 않겠나?

5

패비언 흥분할겁니다. 알다시피 여기서 곰 사냥 놀이한 걸 저놈이 아가씨께 일러바치는 바람에 꾸중 들었잖아요.

토비 저놈이 화가 치솟게끔 곰 놀이 한 판 더 하자꾸나. 그래서 저놈이 시퍼렇게 되도록 골탕 먹여 주자고. 안드류 경, 어떻소?

10

안드류 그렇게 하지 않는다면, 평생 한이 될 거요.

토비 여기 조끄만 악당이 오는군.

마리아가 등장한다.

안녕하신가, 내 소중한 순금 덩어리!

마리아 세 분 모두 회양목 나무 아래로 가세요. 말볼리오가 이리로 오고 있어요. 반시간 동안이나 그 양반이 저쪽 양지 바른 곳에서 자기 그림자에다 대고 자세를 연습하고 있더라고요. 잘 보세요. 재미 날 테니. 이 편지가 틀림없이 골똘히 생각에 빠진 바보 천치같이 만들 어 버릴 테니까. 재미보고 싶거든, 빨리 숨고 조용히! 15

남자들이 숨는다.

거기 가만 있거라. [편지를 떨어뜨린다.] 이제 간지러운 말로 미끼에 걸려들 송어 한 마리가 오고 있으니. [퇴장]

말볼리오 운명일 뿐이지, 모두가 운명이야. 언젠가 한번 마리아가 아가씨께서 나를 좋아한다고 말한 적 있는데, 나 역시 그와 비슷하게 아가씨께서 사랑에 빠진다면 나 같은 사람일거라고 말씀하신 걸 들은 적이 있지. 게다가 아가씬 아가씨를 모시는 다른 어느 누구보다도 더 날 존중하며 대우하시거든. 이 점을 어떻게 생각해야할꼬? 20

토비 아니, 저렇게 교만한 놈 보겠나! 25

패비언 자, 쉿! 생각하는 꼴이라니, 참 보기 드문 칠면조 같은 놈이군요. 날갯죽지를 펼쳐들고 뽐내는 꼴이라니!

안드류 저런 나쁜 놈은 마구 두들겨 패줘야지!

토비 쉬! 조용히!

말볼리오 말볼리오 백작님이라! 30

토비 저런, 불한당 같은 놈!

안드류 저놈을 쏴버려! 쏴버리라고!

토비 쉬, 쉿!

말볼리오 그런 예도 있지 않던가. 스트레치 가문 아가씨는 의상 담당 하인과 결혼했잖나. 35

안드류 저런 나쁜 자식!

패비언 쉿! 갈수록 가관이로군. 상상의 나래를 펼쳐대며 잔뜩 부풀어 있는 꼴하고는.

말볼리오 아가씨와 결혼하고 나서 석 달만 지나면, 나는 내 자리를 차지
40 하고 앉아서—

토비 석궁으로 저놈 눈에다 확 쏴 버릴까보다!

말볼리오 하인들을 내 주위에 주욱 거느리고, 수놓은 벨벳 가운을 걸쳐 입은 채 침대에서 막 일어나 나와서는, 잠이든 올리비아를 그대로 두고서—

45 **토비** 저 벼락 맞을 놈!

패비언 쉿, 쉿!

말볼리오 그런 다음에는 그 신분에 걸맞게, 심각한 얼굴로 죽 둘러본 다음, 그자들에게 말하겠지. 내 위치를 잘 알고 있으니, 자네들도 그러기를 바라노라고. 그런 다음 내 친척인 토비를 대령하게 해야지.

50 **토비** 저놈을 감옥에다 처넣어버려!

패비언 쉿, 쉿! 자, 조용히!

말볼리오 그러면 내 시종 일곱이 그 말씀을 받들어 그자를 찾으러 가겠지. 난 잠깐 얼굴을 찌푸리고, 어쩌면 내 시계태엽을 감거나 이걸 만지작거리고 [시곗줄을 만진다.]—아니, 비싼 보석을 만지고 있겠지. 토
55 비가 대령하고, 내게 예우를 갖추렸다—

토비 아니, 저 자식을 그냥 살려둬?

패비언 조용히! 마차로 억지로 끌어내려 하더라도, 조용히 있어야 합니다요.

말볼리오 이렇게 그자에게 손을 내밀고 내가 늘 짓는 미소는 누르고 근엄한 표정을 지으면서 — 60

토비 그러면 이 토비가 네놈 입술에 한방 먹이지 않겠냐?

말볼리오 이렇게 말해야지. '토비 숙부님, 조카 따님과 결혼하는 운명이 되었기에 이렇게 말씀드립니다' —

토비 무어, 무어라고?

말볼리오 '술버릇을 고치셔야 하겠습니다.' 65

토비 저런, 저런 놈이 있나!

패비언 이런, 참으시지요, 안 그러면 만사 들통 날 판이니까요.

말볼리오 '게다가, 바보 같은 기사 양반하고 보물 같은 시간을 낭비하고 계십니다.' —

안드류 장담하네만, 저건 날 뜻하는 거야. 70

말볼리오 '안드류 경이라는 자 말입니다.'

안드류 내 그럴 줄 알았어. 사람들이 나더러 바보라고 많이 그러거든.

말볼리오 [편지를 보고] 여기 뭐가 있나?

패비언 자, 이제 바보 같은 도요새가 덫 가까이 다가가고 있구먼요.

토비 조용히! 기분이 발동해서 저놈이 큰 소리로 내용을 읽게 되길. 75

말볼리오 [편지를 주우면서] 세상에, 이건 우리 아가씨 필체인데. 이건 바로 아가씨가 쓰는 C자고, 아가씨가 쓰는 U자고 T자로군. 그리고 아가씨는 대문자 P를 이런 식으로 쓰시지. 의심할 여지없이 아가씨 것이로군.

안드류 아가씨 C자고, 아가씨 U자고 T자라, 그게 어쨌다는 거야? 80

말볼리오 [읽는다.] '밝힐 수 없는 내 사랑, 그대에게 내 호의와 함께' 아가씨의 말투 그대로군! 밀납 봉인아, 용서하여라. 조용히! 아가씨가 봉인할 때 쓰는 루크리스 초상이 그려진 인장이로구나. 이건 우리 아가씨거야! 누구에게 보내신 걸까?

편지를 뜯어본다.

85 **패비언** 놈이 걸려들었어, 완전히 말이야.

말볼리오 [읽는다.] *'조브 신은 안다네 내 사랑을.*
그런데 누구일까?
입술이여, 꼼짝 말지어다.
아무도 알아서는 안 되나니.'

90 '아무도 알아서는 안 되나니'라. 그 다음에는 뭐지? 어투가 바뀌었구나! '아무도 알아서는 안 되나니.' 말볼리오, 네가 바로 그자라면!

토비 이런, 목이나 매달아라, 악취풍기는 오소리 같은 놈!

말볼리오 [읽는다.] *'내가 사모하는 이에게 분부를 내리고나 있다니,*
하지만, 침묵해야지. 루크리스의 칼처럼,
95 *피묻지 않은 일격에 내 심장이 피를 쏟노라.*
M. O. A. I. 그대에게 내 목숨이 달렸나니.'

패비언 말도 안 되는 수수께끼로군!

토비 대단한 여자야. 내 말했지.

말볼리오 'M. O. A. I. 그대에게 내 목숨이 달렸나니.'—아니, 자 우선
100 가만, 가만, 가만 있자.

패비언 독약을 쳐놓은 멋들어진 음식을 내놓았군!

토비 저 솔개가 날개를 펼쳐들고 그걸 낚아채려 하고 있겠다!

말볼리오 '내가 사모하는 이에게 분부를 내리고 있다니.' 그렇지, 아가씨가 내게 분부를 내리시지. 난 그분을 모시고, 그분이 내 상전인 우리 아가씨지. 맞아, 이건 이성이 있는 어느 누구에게도 자명한 거야. 여기에 이의라고는 없어. 그리고 끝으로—이 알파벳은 무얼 의미할까? 그걸 내 이름자와 연관시킬 수만 있다면! 가만! 'M. O. A. I.'— 105

토비 오, 그래, 한번 해보라고! 이젠 저놈이 냄새를 못 맡는군.

패비언 저 들개가 곧 짖어댈 겁니다요. 여우만큼이나 냄새가 고약하겠지만요. 110

말볼리오 'M'—말볼리오! 그래 'M'!—봐, 내 이름 첫 자잖아!

패비언 제가 그랬었지요? 저놈이 저럴 거라고? 저 들개 같은 자식이 허점투성이거든요.

말볼리오 'M'자—그런데 그 다음에 오는 것은 들어맞지 않는구나. 'A'자가 와야 하는데 'O'자가 있잖아. 115

패비언 제발 '오'하고 끝나길!

토비 그래, 안 그러면 두들겨 패서라도 '오'라고 소리질러대게 해주지!

말볼리오 그런 다음에는 그 뒤에 'I'자라.

패비언 그래, 네놈이 뒤에도 눈이 달려 있다면, 네놈 앞에 놓여 있는 운명보다도 발뒤꿈치에 붙어있는 불운을 더 잘 보겠건만. 120

말볼리오 'M. O. A. I.' 이 수수께끼는 그 전 것 같지는 않구나. 하지만 약간만 억지를 부린다면, 나한테 들어맞는 거야. 이 글자 모두가 다 내 이름자 속에 있으니까 말이야. 가만! 이제 산문으로 나오는구나. [읽는다.] *이 편지가 그대의 수중에 들어가거든, 숙고해 보세요. 타고난 운명으로 저는 그대보다 신분이 높으나, 신분 따위는 두려워마세요.* 125

어떤 이들은 높은 신분으로 태어나고, 어떤 이들은 높은 신분을 얻어 내고, 또 어떤 이들은 높은 신분이 본인에게 굴러 떨어지게 하니까요. 그대의 운명이 그 손을 펼쳐 보이고 있어요. 그대의 피와 기상이 그것들을 껴안게 하세요. 그리고 그렇게 되고 싶어 하는 그 자리에
130 *자신을 익숙하게 만드세요. 그대의 미천한 진창은 던져 버리고 새롭게 되세요. 친척들에겐 맞서고, 하인들에겐 무뚝뚝하게 대하세요. 혀로는 국사와 관련된 중요한 일만 말하세요. 자신을 독특하게 보이게 만드세요. 그대로 인해 탄식하는 여인이 이렇게 충고드릴 게요. 노란 스타킹을 권해드리니 잊지 마시고, 늘 십자 모양으로 대님을 매시기*
135 *바래요.. 제 말씀을 꼭 기억하세요. 자, 어서요. 그대는 이제 그렇게 될 거예요 — 그대만 원하신다면요. 원치 않으시거든, 그대로 집사로 남아계시어요. 하인들 가운데 하나로, 말이죠. 운명의 손가락을 붙들 자격이 없으니요. 그럼, 안녕히. 그대와 처지를 바꾸고자 하는 여인,*

운 좋고도 불행한 여인.

대낮의 벌판도 이보다 더 많이 보여주지는 못할 걸! 이건 분명해!
140 나는 거만해질 거야. 정치 관련 서적도 읽을 테다. 토비 나리도 경멸로 대해야지. 미천한 놈들과의 친분 관계는 죄다 청산해버릴 테다. 그리고 정확하게 바로 그런 남자가 되어야지. 이제 그런 생각을 하더라도, 바보짓은 아닐 거야. 우리 아가씨가 나를 사모하신다는 건, 어딜 보아도 분명하니까. 최근에 아가씨께서 노란 스타킹을
145 추천하신 적이 있었지. 그리고 십자 모양으로 대님을 맨 내 다리를 보고 칭찬해 주셨잖아. 이것만 봐도 아가씬 나에게 사랑을 귀띔해

주시는 거야. 그리고는 일종의 분부로 아가씨가 좋아하는 식으로 내가 차려입게끔 만드시는 거지. 아, 운명에 감사해야지. 난 정말 행복한 놈이야! 이제 노란 스타킹을 신고 이상하게 굴고 빼기면서 걸어 다녀야지. 십자 모양으로 대님을 매고. 가능한 한 최대로 신속하게 그럴 테다. 조브 신과 내 별자리여 찬양 받으소서! —자, 여기 추신이 있군. [읽는다.] '*그대는 제가 누구인지 알게 될 수밖에 없을 거예요. 제 사랑을 받아들이신다면 웃는 모습으로 나타나세요. 그대의 미소가 그대에게 잘 어울리니까요. 그러하니 내 사랑 그대, 부디 제 앞에서는 늘 미소 짓고 계세요.*' 조브 신이여, 감사합니다요! 미소 지을게요. 그대가 원하는 일이라면 무엇이든 할게요. [퇴장] 150 155

패비언 페르시아 왕이 수천만의 연금을 내놓는다 해도 이 재미하고는 안 바꿀 테다.

토비 이런 재미를 안겨준 그 대가로 그 여자하고 결혼이라도 하겠소.

안드류 나도 동감이오. 160

토비 그런 재미를 또 하나만 더 만들어준다면 지참금도 필요 없소.

안드류 나도 동감이오.

패비언 바보 같이 잘도 속아 넘어가는 갈매기 같은 놈을 잡는 그 포수 분이 여기 오십니다요.

마리아가 등장한다.

토비 내 목을 밟아 버리겠소? 165

안드류 그리고 내 목도?

토비 어디 한번 자유를 내기판에 걸어 놓고, 자네의 노예라도 되어 볼

까나?

안드류 정말, 그렇다면 어디 나도 한번?

170 **토비** 허나, 그놈한테 너무 엄청난 꿈을 꾸게 만들어놔서, 그 꿈에서 깨어나면 미쳐버리게 될 걸.

마리아 그런데, 어땠어요? 먹혀들었나요?

토비 그럼, 산파에게 술 한 잔 같은 거였지.

마리아 그 재미의 결실을 보고 싶거든, 그 작자가 아가씨 앞에 처음 나타날 175 때 잘 보세요. 노란 스타킹을 신고 올 거예요. 그건 아가씨가 싫어하는 색이랍니다. 십자 모양 대님도 아가씨가 혐오하는 패션이죠. 게다가 그 작자는 아가씨에게 연신 미소를 지어 댈 테고, 그건 지금 아가씨 처지와는 너무도 안 어울리는 거죠. 아가씬 지금 상심해서 우울증에 빠져있으니까요. 그러니 그 작자는 된통 창피를 당 180 하게 될 수밖에 없지요. 보고 싶으시다면, 따라들 오세요.

토비 지옥문까지 따라갈 테야. 요 재간꾸러기 악마 같으니!

안드류 나도 동감이오.

[모두 퇴장]

3막

1장

올리비아의 정원

바이올라가 등장하고, 페스테가 피리를 불고 북을 치며 등장한다.

바이올라 친구 양반, 안녕하시오? 그리고 댁의 음악도! 당신은 그 북에 붙어먹고 사시는 거요?

페스테 아닙니다요. 교회에 붙어살지요.

바이올라 성직자이시오?

5 **페스테** 아닙니다요. 교회에 정말 붙어살고 있지요. 전 제 집에서 사는데, 제 집이 교회 옆에 딱 붙어 서 있거든요.

바이올라 그렇다면 왕이 거지에게 붙어산다고 할 판이군요. 거지가 왕 가까이서 산다면 말입니다. 아니면 교회가 당신 북 옆에 붙어산다고 하겠군요. 그 북이 교회 가까이에 있다면요.

10 **페스테** 바로 그렇습지요! 요즘 세상 돌아가는 꼴 좀 보십시오! 말이란 재치 있는 사람들에겐 부드러운 가죽 장갑에 불과한 법 — 얼마나 잽싸게 잘못 낀 쪽을 홱 뒤집어 놓을 수 있는지!

바이올라 아, 그건 그렇지요. 말 가지고 멋들어지게 장난질하는 사람들은 잽싸게 그 말들이 아무것도 아니게 만들어버리지요.

15 **페스테** 그래서 말인데, 제 누이는 차라리 이름이 없었으면 싶답니다.

바이올라 아니, 왜요?

페스테 왜긴요. 누이 이름도 말이니까. 그 말로 장난질 치면 내 누이를 헤프게 만들 수 있잖소. 허나 사실, 말이란 정말 믿기 어려운 것들이지요. 말로 한 계약들이 믿을 수 없게 되어 무색케 만들어버리니까.

바이올라 댁의 그 이유를 대보신다면? 20

페스테 진정코, 말을 사용하지 않고는 댁한테 아무것도 댈 수가 없는데, 그런데 말들은 너무도 거짓되어 버렸으니, 이 몸은 그 이유를 증명해보이기 싫소이다.

바이올라 장담하건데, 재미난 사람이로군요. 아무런 걱정 근심도 없고 말입니다. 25

페스테 그렇지 않습니다요. 나 역시 신경 쓰는 것이 있습지요. 하지만 솔직히 말씀드리면, 그쪽에 대해 신경 쓰지는 않습니다. 그런 게 아무 걱정도 않는 것이라면야, 그쪽을 눈에 안보이게 해주셨으면 좋겠소만.

바이올라 댁이 올리비아 아가씨 바보광대요?

페스테 아닙니다요. 올리비아 아가씬 바보가 아닙니다요. 바보도 데리고 있지 않을 겁니다. 결혼하실 때까지는요. 바보들은 조그만 정어리들이 청어들한테 하는 것 마냥 남편들하고 똑같지요. 남편이 더 크긴 하지요. 이 몸은 진정 아가씨의 바보가 아니라, 아가씨의 재담꾼입니다요. 30

바이올라 최근에 오르시노 공작님 궁에서 댁을 보았습니다.

페스테 바보짓거리란 태양처럼 지구를 돌아다니면서 어디서든 빛나는 법이지요. 댁의 주인께서 우리 아가씨만큼이나 자주 바보와 함께 계시지 못하신다면, 전 정말 유감스러울 겁니다. 제 생각으로는 댁의 지혜를 그곳에서 보았던 것 같은데. 35

바이올라 이런, 놀릴 작정이라면 댁하고 더는 상대하지 않을 테요. 자,

40 여기 이거 받으시오. [동전 한 닢을 준다.]

페스테 조브 신이시여, 다음번에 털을 주실 때는 댁한테 턱수염을 주시길!

바이올라 정말, 장담하지만, 수염이 갖고 싶어 거의 병이 날 지경이오. —[방백] 내 턱에서 자라게 하지는 않겠지만. —아가씨께서 안에

45 계시는지요?

페스테 이 동전에 짝을 준다면 새끼를 낳지 않겠소이까?

바이올라 그렇지요, 함께 있다면야, 또 투자한다면야 그렇겠지요.

페스테 크레시다를 트로일러스에게 데리고 가는 프리지아의 판다러스 역을 맡을 텐데요.[29]

50 **바이올라** 자, 알았소이다. [동전 한 닢을 더 준다.] 구걸을 참 잘도 하는 군요.

페스테 바라건대, 문제는 크지 않습지요. 그저 거지를 위해 거지짓하며 구걸하는 거랍니다. 크레시다는 거지였으니까요. 아가씨는 안에 계십니다요. 댁이 어디서 오셨는지 제가 설명을 올리지요. 댁이

55 누구고, 어떤 작자인지는 내가 알 짝 아니고—'알 바'로 말할 수도 있겠지만, 그 단어는 너무 닳고 닳아버려서요. [퇴장]

바이올라 이 사람은 바보광대 노릇을 할 만큼 현명하군,
광대짓을 잘 하려면 일종의 재치가 필요한데 말이야.

---

29. 트로이 전쟁 시기에 크레시다의 숙부인 판다러스는 크레시다를 트로이의 왕자인 트로일러스에게 소개해준다. 두 사람은 사랑하는 연인이 되었으나, 트로일러스를 배신하게 되는 크레시다는 결국 길거리에서 구걸하는 거지로 전락한다. 이후 크레시다는 사랑을 배신한 부정한 여인의 대명사로, 트로일러스는 진실한 사랑을 배신당하는 남자의 대명사가 되고 있다.

자기가 익살을 피우고 있는 상대편의 기분을 잘 살펴야만하지,
그 사람의 신분과, 매번의 상황도 그렇고. 60
게다가 길들이지 않은 매 마냥 제 눈앞에 나타나는
모든 먹잇감에게 달려들지 않도록 자제해야 하고. 이 일은
현명한 사람들의 직업만큼이나 노고가 필요한 일이야.
이런 자가 현명하게 보여주는 바보짓은 적절하지만,
현명한 이들이 바보짓을 해댄다면, 완전히 그들의 지혜를 망쳐놓
는 법이거든. 65

토비와 안드류가 등장한다.

토비 안녕하신가.

바이올라 네, 안녕하십니까.

안드류 *드 부 가르드, 무슈.*[30]

바이올라 *에 부 오시: 보트르 서비튜어.*[31]

안드류 부디 댁도, 그리고 나도. 70

토비 들어오겠소? 내 조카딸이 들어오길 바라오만. 댁의 용무가 조카딸과 관련된 것이라면 말이오.

바이올라 네, 조카 따님을 뵈러 가는 길입니다. 제 말은, 아가씨가 제 여행의 목적지입니다.

토비 그럼, 다리를 써 보시오. 움직여 보시오. 75

바이올라 나리, 제 다리는 더 잘 압니다. 저더러 다리를 써 보라고 하시

30. 프랑스어 'Dieu vous garde, monsieur.'로 '신께서 지켜 주시길'이라는 뜻이다.
31. 프랑스어 'Et vous aussi: votre serviteur.'로 '댁도 그러하시길'이라는 뜻이다.

는 게 무슨 소리인지 제가 이해하는 것보다도 말입니다.

토비 내 말은 가라는 뜻이오. 들어가라는 소리요.

바이올라 그럼 제 걸음으로 들어감으로써 답변 드리지요. 그런데 그럴

80 필요 없겠군요.

올리비아와 마리아가 등장한다.

가장 절묘하게도 아름다우신 아가씨여, 하늘에서 그 위로 향기를 비처럼 뿌려주시길!

안드류 저 젊은이는 멋들어지게 말하는 과히 보기 드문 사람이군 그래. '향기를 비처럼 뿌려주시길'이라니 — 멋진데!

85 **바이올라** 아가씨, 제 용무는 가장 포용력 있고 용의주도한 아가씨의 귀에만 말씀드리는 것입니다.

안드류 '향기'니 '포용력 있는'이니 '용의주도'라니! 이 세 가지를 기억해두었다가 써 먹어야지.

올리비아 정원 문을 닫고 모두들 물러가 있어 봐요. 내가 좀 들어 볼 테

90 니. —

토비, 안드류, 마리아가 퇴장한다.

자, 손을 이리 줘요.

바이올라 아가씨, 무엇이건 분부대로 하겠습니다.

올리비아 댁의 이름이 무엇이지요?

바이올라 당신의 하인은 세자리오라고 합니다. 아름다운 아가씨.

올리비아 나의 하인이라고요? 세상이 정말 재미없네요. 95

겸손한 척 하는 것이 칭찬으로 불리게 된 후로는 말이에요.

이봐요, 댁은 오르시노 공작의 하인이지요.

바이올라 그리고 그분은 아가씨의 하인이니, 그분 하인은 아가씨의 하인

인 게 분명하지요.

그러니 아가씨 하인의 하인은 아가씨의 하인이지요.

올리비아 그분에 관해서는 아무런 생각도 하지 않아요. 그분의 생각도 100

저로 가득하기보다는 그냥 텅 비어 있는 공백이길 바래요.

바이올라 아가씨, 저는 아가씨의 마음이

그분에게 좀 향하게 만들고자 왔습니다만.

올리비아 오, 제발요. 부탁할게요!

절대 그분 이야기는 다시는 꺼내지 말아 주세요. 105

허나 다른 청혼을 해주신다면,

당신이 청하시는 걸 잘 들을게요.

천상에서 울려나오는 음악을 듣는 것보다도 말이에요.

바이올라 아가씨 —

올리비아 잠깐만요, 제가 이야기할게요. 110

당신 뒤를 쫓아 반지를 하나 보냈었지요.

지난번에 이곳에 온 바로 직후에요. 전,

제 자신과, 제 하인과 그리고 우려스럽게도 당신을 모욕했었어요.

당신에게 심한 질책을 당해야만 할 거예요.

부끄러운 계략으로 억지로 당신에게 뒤집어 씌웠으니까. 115

당신과는 상관도 없는 반지인데도 말이에요. 어찌 생각하시는지요?

제 명예를 곰처럼 말뚝에다 박아놓고,[32] 반역을 일으키는 심장이
생각해낼 수 있는 온갖 생각들로 공격하지 않으셨는지요?
당신 같은 이해력을 지닌 분께는 이미 충분히 보여졌겠지만,
120 가슴이 아니라, 투명하게 들여다보이는 베일만이
제 마음을 숨기고 있을 뿐이에요. 그러니, 말씀해보세요.

바이올라 당신이 불쌍합니다.

올리비아 그건 사랑의 한 단계이지요.

바이올라 아닙니다. 그 단계가 아니에요. 그건 종종
125 원수들을 측은하게 여기는 그런 흔한 경우입니다.

올리비아 그렇다면, 이제 다시 미소를 지어야할 시간이라고 생각되네요.
오 세상에, 미천한 자들이 얼마나 잽싸게 교만해지는지!
어차피 희생물이 되어야만 한다면, 훨씬 더 낫겠지요.
늑대보다야 사자 앞에 떨어지는 것이!
[시계가 울린다.]
130 시간을 낭비하고 있다고 시계가 나를 꾸짖는군요.
이보세요, 걱정 말아요. 당신을 잡아먹지 않을 테니.
하지만 지혜와 청춘이 그 수확을 거두어들일 때가 오면,
댁의 마누라가 멋진 남자를 수확하게 되겠지요.
자 그럼, 잘 가요, 서쪽으로.

135 **바이올라** 자, 그럼 서쪽을 향하여!
신의 은총과 가호가 아가씨와 함께 하시길.
아가씨, 혹, 제 주인님께 전할 말씀이 없으신지?

---

32. 셰익스피어 시대에 곰을 말뚝에 박아놓고 구경하는 놀이가 있었다.

올리비아 잠깐!

부디, 저를 어떻게 생각하는지 말해줘요.

바이올라 아가씨께서는 지금의 자신이, 자신이 아니라고 생각하신다고. 140

올리비아 내가 그렇다면, 당신도 마찬가지로 똑같다고 전 생각해요.

바이올라 그렇다면 아가씨가 옳습니다. 전 지금 보이는 모습대로의 제가 아니니까요.

올리비아 당신이 제가 그랬으면 하고 바라는 당신이었으면 좋겠어요.

바이올라 아가씨, 그 모습이 지금의 저보다 나을까요?

그랬으면 좋겠군요. 지금은 아가씨의 바보광대 노릇이나 하고 있으니까요. 145

올리비아 [방백] 오 저 사람의 입술에서는 경멸과 분노에서 나오는

지독한 조롱조차도 얼마나 아름다운가!

살인을 저지르는 죄는 감추어 보이고 싶어 하는 사랑보다도

더 빨리 그 모습을 드러내지는 않는 법. 사랑의 밤은 한 낮이야.

세자리오 님, 봄날의 장미에 두고, 150

처녀의 정조와 명예와 진실과 온갖 것을 두고 맹세하는데,

당신을 사랑해요. 당신의 온갖 냉대에도 불구하고,

재치로도 이성으로도 제 열정을 숨길 수가 없을 지경으로.

이런 말을 가지고 억지로 이유를 만들어내려 하지 마세요.

제가 구애하고 있으니, 당신은 그럴 이유 없다는 식으로 말이죠. 155

아니, 오히려 이런 식으로 한번 생각해보세요.

구해서 얻는 사랑도 멋지지만, 구하지 않고도 얻는 사랑은 더 좋다고.

바이올라 순결함과 제 청춘에 걸고 맹세합니다만,

저는 단 하나의 심장과 하나의 마음과 한 가지 진실뿐입니다.
160 그리고 어느 여인도 그것을 얻지 못합니다. 결코 어느 누구도
그것을 갖지 못할 겁니다. 저 말고는 말입니다.
그러니, 아가씨, 안녕히 계십시오. 다시는 제 주인님의 눈물을
아가씨께 하소연하러 오지 않겠습니다.

올리비아 하지만 또 오세요. 지금은 싫어하는 그 마음을
165 어쩌면 당신이 그분의 사랑을 좋아하게끔 움직일지도 모르니까.

[퇴장]

2장

올리비아의 저택

토비와 안드류 그리고 패비언이 등장한다.

안드류 정말, 이제 더 이상은 단 한순간도 안 머물겠소.

토비 이유를 말해보시오, 경의 이유를.

패비언 안드류 나리, 나리의 이유를 제시할 필요가 있습니다요.

안드류 정녕, 조카 따님이 공작의 하인 놈에게 더 친절히 응대하시는 것을 보았소. 지금까지 나한테 보여준 그 어떤 경우보다도 더 친절하게 말이오. 정원에서 똑똑히 보았다 말이오. 5

토비 이것 보시게, 그러는 동안 내 조카딸은 경을 보았소? 말해 보시게.

안드류 지금 내가 경을 보는 것처럼 분명히 그랬소.

패비언 이건 아가씨가 나리에 대한 사랑을 보여주는 대단한 증거랍니다. 10

안드류 원, 세상에! 나를 바보로 만들 참인가?

패비언 나리, 제가 합당하게 증명해 보일게요. 판단과 이성의 맹세에 걸고 말입죠.

토비 노아가 방주를 타기 이전부터도 그것들이 줄곧 최고 재판관이었지. 15

패비언 나리께서 보는 앞에서 아가씨가 그 젊은이에게 친절히 응대하는 모습을 보이신 것은, 바로 나리를 격분하게 만들 의도였던 거랍니다. 나리의 잠자는 그 용기를 깨우고, 심장에 불을 지피고, 간장에 유황을 부어놓으시려고 그러신 거랍니다. 바로 그때 나리께서는 아가씨
20 께 다가가, 멋진 익살을 써서 지금 막 불에서 주조되어 갓 나온 동전 마냥, 그 젊은 놈을 마구 두들겨 패서 입도 뻥긋 못하게 만들어 버렸어야 하는 건데. 이거야말로 나리한테 기대되던 것이었는데, 그만 놓쳐버리셨군요. 이런 곱절의 멋진 기회를 놓쳐버리시다니! 이제 아가씨의 마음에서 저 북쪽으로 물 건너 가버렸으니, 거기서 네덜란드
25 사람의 턱수염 위에 매달린 고드름 마냥 매달려 있겠네요. 용기건 술책이건 사용해서, 칭찬받을만한 어떤 시도로 보상하지 않는 한은요.

안드류 어떻게든 해야만 한다면, 용기를 가지고서라야 하겠지. 난 술책은 싫으니까. 모사꾼이 되느니 차라리 청교도가 되겠네.

토비 자, 그렇다면, 가서 그 용기의 초석에다 경의 운명을 세워 보시오.
30 공작의 그 젊은 놈에게 나를 보내 한판 붙자고 결투를 신청하시오. 그리고는 열 한 군데쯤 찔러주자고. 조카딸도 주목하고 볼 거요. 자신한테 보여주시오. 남자가 여자의 칭찬을 얻어내는 데는 그 어떤 중매쟁이라 하더라도 용맹스럽다는 이야기보다 더 영향력을 미치지는 못한다는 걸 말이오.

35 **패비언** 안드류 나리, 이 방법 외에는 없습니다요.

안드류 두 사람 중 한 명이 그놈한테 결투장을 갖다 주겠소?

토비 어서 가서 군인다운 필체로 결투장을 쓰시오. 격하면서도 간단하게. 얼마나 재치 있는지는 중요하지 않소. 유창하면서도 새로운 어투로 가득 차게 만드시오. 잉크는 아끼지 말고 그놈을 조롱해

주시오. 한 세 번 정도 그놈을 '네놈이'라고 부르면, 나쁘지 않을 40
거요. 그리고 종이에다 가능한 한 많은 거짓말을 늘어놓으시오.
종이가 영국의 웨어 가문의 침대[33]만큼이나 크다 하더라도 전부
써 넣으시오. 자, 어서. 잉크에 충분히 원한을 적시구려. 거위 털
펜으로 쓴다 해도 상관없소. 자, 어서!

안드류 토비 경은 어디 계실 거요? 45

토비 우리가 경의 침실로 가겠소. 어서 가시오!

안드류가 퇴장한다.

패비언 토비 나리, 이분은 정말 나리에게는 값비싼 노리갯감이군요.

토비 이보게, 이 몸은 그 사람에게 값 비싸게 치지. 약 2000 정도는 들
어갔으니.

패비언 저 나리에게서 재미나는 결투장을 보게 되겠군요. —하지만 나 50
리께서 전해주시지는 않겠지요—

토비 기필코 그렇게 할 거네. 필시 그 젊은 놈을 자극해서 답을 얻어 올
거네. 내 생각에 소와 마차 줄로도 두 놈을 함께 끌어다 놓을 수는
없을 걸. 안드류 경으로 말하자면, 배를 갈라 봐서 그 간장에 벼룩
의 발 하나라도 붙어 있게 할 만큼의 피라도 발견된다면, 그 나머 55
지 부위는 내가 다 먹어 치우겠네.

패비언 게다가 상대인 그 젊은 녀석은 얼굴에 잔인한 구석이라고는 하나
도 없잖습니까.

---

33. 열두 명이 누울 수 있다는 매우 유명한 침대이다.

마리아가 등장한다.

토비 뱁새 새끼 아홉 마리 중에 제일 조끄만 녀석이 저기 오는구먼.

60 **마리아** 옆구리가 쑤실 정도로 한번 웃고 싶으시다면, 저를 따라오세요. 저쪽에 바보 같은 말볼리오가 이교도에다 진짜 이단이 되어 버렸거든요. 올바른 신앙생활로 구원받으려는 기독교도라면 그런 말도 안 되는 조잡한 말들은 믿을 리가 없으니까요. 글쎄, 노란 스타킹을 신고 있더라니까요!

65 **토비** 그리고 십자 모양으로 대님을 매고?

마리아 정말 몰골이 형편없어요. 교회 주일 학교 선생 같아요. 비밀 자객마냥 제가 그 뒤를 쫓아 다녔는데요. 그 작자를 골탕 먹이려고 떨어뜨려 놓았던 그 편지의 조항 그대로 다 하더라구요. 얼굴에 연신 미소를 지어대서 인도 제도를 덧붙여 새로 만들어놓은 새 지

70 도[34]보다도 더 주름살투성이예요. 그런 꼴은 본 적이 없으실 걸요! 그 작자한테 뭐라도 집어던져 주고 싶은 걸 겨우겨우 참았답니다. 아가씨는 그 작자를 때려주실 걸요. 아가씨가 그러시더라도, 계속 미소지어대면서 그걸 애정 표현으로 받아들이겠죠.

토비 자, 어서 안내하게. 그놈이 있는 곳으로 말이야. [퇴장]

---

34. 1599년에 출판된 지도를 언급하는 것으로, 이전의 지도보다 동인도제도를 매우 상세하게 그려 놓았다.

3장

길거리

세바스찬과 안토니오가 등장한다.

세바스찬 진정 폐를 끼쳐드리고 싶지 않았습니다만,
이토록 수고를 기쁘게 여기신다니
저도 더 이상은 만류하지 않겠습니다.

안토니오 혼자 남아 있을 수가 없었소. 내 소망이, 갈아놓은
강철 박차보다 더 날카로워, 이리로 달려오게 했구려. 5
당신에 대한 내 온갖 애정만이 아니라 — 더 긴 여행이라도
따라가게 만들만큼 많은 애정이긴 하지만 —
이 지역에 낯선 상태인지라
여행 중에 마주칠지 모를 일들에 대한 걱정 때문이오.
안내도 못 받고 친구도 없는 낯선 이들에게는 10
이 지역은 종종 거칠게 대하고 푸대접하기 마련이니까요.
이런 염려들 때문에 더욱이 내가 지닌 애정으로
뒤따라오게 되었소.

세바스찬 오 친절하신 안토니오 님.
감사하다는 말 외에는 저로서는 달리 드릴 말씀이 없습니다. 15
감사하고 또 감사하고 또 감사드린다는 말 외에는 말입니다.

그리고 친절한 호의는 종종 그 정도의 가치 없는 보답만 받을 뿐
이지요.
하지만 제 양심만큼이나 제 가치가 확고하다면,
당신은 더 나은 대접을 받게 될 겁니다. 자 무얼 할까요?
20 이 지역의 유적이나 한번 구경하러 가볼까요?

안토니오 내일 합시다. 먼저 당신이 머물 곳을 알아보는 게 낫겠소.

세바스찬 저는 피곤하지 않습니다. 밤이 되려면 아직 먼 걸요.
부탁드리건대, 이 도시의 명성을 가져다준
유명한 유물과 기념물들로
25 우리 눈을 즐겁게 해줍시다.

안토니오 양해해주기 바라오만,
나는 이곳의 길거리를 돌아다닐 수 없는 처지라오.
한때 공작의 군함과 대적하여 해전을 벌였을 때
나도 일목했었소. — 너무 눈에 띄는 일이라,
30 여기서 붙들린다면 달리 변명하기란 어려울 테니 말이오.

세바스찬 공작의 백성들을 상당히 많이 죽이셨던 모양이군요?

안토니오 그 죄는 그와 같이 흉악한 성질의 것은 아니라오.
비록 그 시기와 언쟁의 성격이
잔인하게 피 흘리게 만들 수도 있었소만.
35 서로 상대방에게서 빼앗은 것만
돌려주는 것으로 끝날 수도 있었겠고, 교역을 위해
우리 도시의 많은 사람들이 그렇게 했소. 나만 반대했소.
그 때문에 이곳에서 붙들리게 된다면,

엄청난 대가를 치르게 될 것이오.

세바스찬 그렇다면 너무 눈에 띄게 돌아다니지는 마십시오. 40

안토니오 그건 내겐 맞지 않소. 자, 가만, 여기 내 지갑 받으시오.

남쪽 교외에 있는 엘리펀트라는 곳이

묵기에 제일 좋소. 먹을 것을 주문해 놓을 테니,

시간을 보내면서 즐기고 이곳을 구경하면서

견문을 넓히시오. 거기서 만납시다. 45

세바스찬 왜 당신 지갑을 제가?

안토니오 어쩌다 보면 사고 싶어 할 물건이 눈에 띌 수도 있을 테니요.

내가 보기에 당신이 지니고 있는 거로는

무얼 사기에는 충분치 않을 것이오.

세바스찬 그럼 지갑을 보관하고 있겠습니다. 50

그리고 한 시간쯤 후에 뵙겠습니다.

안토니오 엘리펀트에서.

세바스찬 잘 알겠습니다.

[각자 따로 퇴장]

4장

올리비아의 정원

올리비아와 마리아가 등장한다.

올리비아 [방백] 그분을 부르러 보냈는데, 오겠다고 하셨겠지.
그분을 어떻게 맞이할까? 그분께 무얼 드릴까?
젊은 사람들은 구걸이나 빌리기보다는 구입하는 게 종종 더 낫지.
이런, 다 들리게끔 이야기하고 있네. —
5 말볼리오는 어디 있느냐? 그 사람은 근엄하고 심각하니
나 같은 처지에서 함께 있기에는 적합한 하인이지.
말볼리오는 어디 있느냐?

마리아 아가씨, 이리 오고 있는 중입니다. 그런데 좀 이상해요. 분명 귀신 들린 게 틀림없어요.

10 **올리비아** 뭐라고? 무슨 일이냐? 소리를 질러대느냐?

마리아 아니에요, 아가씨. 미소만 지어 보이고 있어요. 그 사람이 오면 아가씨께서는 조심하시는 게 좋으실 거 같아요. 머리에 이상이 있는 게 분명하니까요.

올리비아 가서 이리 불러오너라. [마리아 퇴장]
나도 그 사람만큼이나 미쳤으니.
15 슬퍼 미친 것과 기뻐 미친 것이 똑같다면 말이야.

마리아와 함께 말볼리오가 등장한다.

말볼리오, 어떤가?

말볼리오 오, 아가씨, 호, 호!

올리비아 웃고 있는 건가? 슬픈 일로 부르러 보냈는데.

말볼리오 아가씨, 슬프시다구요? 저도 슬플 수 있지요. 요것이 피가 흐르는 것을 살짝 막고 있거든요. 이 십자 모양 대님 말이에요. 하지만 뭐 어때요? 한 사람의 눈을 즐겁게 해준다면야, 바로 그 소네트에 적힌 대로 "한 사람을 즐겁게 하면 만인을 즐겁게 하나니"처럼 제게도 그렇지요. 20

올리비아 이런, 이 사람, 왜 그래? 대체 무슨 일이 있는 건가?

말볼리오 제 마음은 시커멓지 않답니다. 다리는 노란색이긴 하지만 말입죠. 글쎄 그게 그 사람의 수중에 들어왔습죠, 그리고 분부대로 행해졌습죠. 우리가 그 아름다운 로마식 필체를 잘 알고 있다고 생각됩니다만. 25

올리비아 말볼리오, 잠자러 가겠나?

말볼리오 잠자러요? *아, 내 사랑, 내 그대에게 가리라.*

올리비아 하나님께서 위로해 주시길! 왜 그렇게 연신 미소를 지어대고 또 그리도 자주 손에다 입을 맞추어대고 있는 건가? 30

마리아 말볼리오, 왜 그러세요?

말볼리오 너의 요청에 대답하라니!

뭐, 하긴, 나이팅게일도 까마귀 울음에 답하니까!

마리아 도대체 왜 이런 우스꽝스러운 꼴로 겁도 없이 아가씨 앞에 나타났어요? 35

말볼리오 '신분 따위는 두려워하지 마세요'. 잘 쓰셨더군요.

올리비아 말볼리오, 그게 무슨 소리인가?

말볼리오 '어떤 이들은 높은 신분으로 태어나고'—

올리비아 뭐라고?

40 **말볼리오** '어떤 이들은 높은 신분을 얻어내고'—

올리비아 무슨 소리야?

말볼리오 '또 어떤 이들은 높은 신분이 본인에게 굴러 떨어지게 하니까요.'—

올리비아 세상에, 정신 차리게!

말볼리오 '노란 스타킹을 권해드리니 잊지 마시고'—

45 **올리비아** 노란 스타킹?

말볼리오 '그리고 늘 십자 모양으로 대님을 매시기 바래요.'

올리비아 십자 모양 대님?

말볼리오 '자, 어서요. 그대는 이제 그렇게 될 거예요. —그대만 원하신다면요.' —

올리비아 그렇게 될 거라니?

50 **말볼리오** '원치 않으시거든, 그대로 집사로 남아 계시어요.'

올리비아 이런, 이건 정말 한여름의 무더위 탓에 실성해 버린 거야.

하인이 등장한다.

하인 아가씨, 오르시노 공작님의 젊은 신사가 돌아왔습니다. 소인은 그 사람을 돌려보낼 수가 없습니다. 그자가 아가씨의 분부를 기다리고 있습니다.

55 **올리비아** 내가 가보마.

[하인 퇴장]

마리아, 이 사람을 잘 돌보아주어라. 토비 숙부님은 어디 계시느냐?

하인 몇 몇을 시켜 이 사람을 특별히 보살펴주도록 해라. 내 지참금의 절반을 주더라도 이 사람이 잘못되는 일이 없게 해야겠으니.

올리비아와 마리아가 다른 쪽으로 퇴장한다.

말볼리오 오호라, 이제 제 가까이 오실 건가요? 토비 나리보다 신분 낮은 사람이 나를 보살피게 할 수는 없으시겠지! 이건 바로 편지와 일치되는 군. 아가씬 일부러 토비 나리를 부르게 하신 거야. 내가 그 양반에게 완고하게 보이려고 말이야. 아가씨가 편지에 나더러 그러라고 하셨으니까. 이렇게 쓰셨지. '그대의 미천한 진창은 던져 버리고'라고. 그리고는 '친척들에겐 맞서고, 하인들에겐 무뚝뚝하게 대하세요. 그대의 혀로는 국사와 관련된 중요한 일만 말하세요. 자신을 독특하게 보이게 만드세요.'라고 하셨겠다—그리고는 행동거지에 대해 적어놓으셨지. 슬픈 얼굴, 위엄 있는 행동거지에 느린 말투, 윗분들 식으로 말이지. 이제 아가씨를 붙잡아버렸어. 하지만 이건 조브 신이 하신 일이야. 그러니 조브 신에게 감사해야지! 그리고 지금 아가씨께서 가시면서 '이 사람을 잘 돌보아주어라'고 하셨지. '이 사람'! 말볼리오가 아니었어. 또 내 신분에 따른 것도 아니었고 '이 사람'이라고. 봐, 모든 게 딱 들어맞는구나. 단 한 치의 거리낌도, 단 한 치의 거리낌에 거리낌도 없이, 아무 장애물도 없이, 의심스럽거나 믿기 어려운 어떠한 상황도 없이 말이야—뭐라고 할 수 있을까?—그 어느 것도 나와 내 소망이 실현되는 것 사이에 가로놓일 수 없어. 자, 조브 신이시여, 내가 아니라 당신께서 이 일을 행하신 분이십니다. 그러니 감사드리나이다.

토비, 패비언, 그리고 마리아가 등장한다.

토비 성역의 이름으로 묻노니, 그 작자가 어디 있느냐? 지옥의 온갖 악마 놈들이 그 몸뚱이 하나에 다 들어가 있고, 사람을 실성하게 만드는 그 악마 두목이 그 작자 속에 들어가 있다 한들, 그자와 이야기할 것이니.

80 **패비언** 여기 있네요, 여기 있어요. 어떠신지? 이봐요, 안녕하신지요?

토비 이봐, 안녕한가?

말볼리오 저리 꺼지시오, 물러가 있으라고. 조용히 있고 싶으니. 꺼져.

마리아 저것 보세요, 악마가 저 양반 속에서 얼마나 그럴싸하게 지껄이는지! 말씀드렸죠? 토비 나리, 아가씨께서 나리더러 저 양반을 보살피라고 하셨어요.

85 **말볼리오** [방백] 아하, 그럼 그렇지! 아가씨께서 그러셨어?

토비 자, 자. 진정해, 진정, 이 작자를 부드럽게 살살 다루어야만 하네. 내게 맡겨둬. ―말볼리오, 안녕하신가? 어떤가, 자네? 이봐, 여보게, 마귀를 부인하게! 생각 한번 해 보게나, 마귀는 인류의 적이 아닌가.

90 **말볼리오** 무슨 소리요?

마리아 자, 보셨지요. 악마를 나쁘게 말하자, 어떻게 받아들이는지! 하나님, 제발 저 양반 속에 자리 틀고 있는 귀신을 몰아내주소서!

패비언 소변을 받아서 무당한테 한번 가져가봐.

마리아 그래요, 살아 있으면, 내일 아침에 그럴 게요. 아가씬 제가 뭐라

95 말하는 그 이상으로 저 양반을 잃어서는 안 된다고 여기시니까요.

말볼리오 그래, 아가씨가?

마리아 오 이런!

토비 제발 조용히 해. 이걸로는 안 되겠어. 이것 보라구. 저 사람을 화나게 만든 것 모르겠어? 내가 혼자서 해볼게.

패비언 달래는 길 밖에 없습니다요, 살살 말이죠, 살살. 마귀는 난폭해서 거칠게 다루면 안 되거든요. 100

토비 자, 어떠신가요, 우리 착하디착하신 양반? 이것 보시요, 안녕하시우?

말볼리오 이것 봐요!

토비 아, 그래, 나하고 같이 가세. 이것 보게, 악마하고는 구멍 넣기 놀이나 하는 건 지각없는 짓이라네. 목을 잡아매야지, 이 더러운 자식아! 105

마리아 그 양반이 기도하게 만드세요. 토비 나리, 그 양반을 기도하게 만들어요.

말볼리오 뭐, 기도라니, 이 계집이! 110

마리아 아니에요, 분명, 성스러운 이야기는 듣지 않으려 할 거예요.

말볼리오 전부 가서 뒈져 버려. 게으름뱅이에다 천박한 놈들 같으니! 난 네놈들 부류가 아니야. 좀 있으면 더 잘 알게 될 걸. [퇴장]

토비 이럴 수가 있단 말인가?

패비언 만약 이게 무대에서 벌어지는 일이라면, 말도 안 되는 개소리라고 욕을 진창 해줄 겁니다요. 115

토비 이것 봐, 저놈의 바로 그 본성 때문에 이런 음모에 걸려들어 버렸지 뭐.

마리아 자, 이제 그 양반 뒤를 쫓아가 봐요. 이 계략이 김이 다 새버리지 않게요. 120

패비언 이런, 우리가 정말 저놈을 실성하게 만들겠군.

마리아 집이 좀 더 조용해지겠지요.

토비 자, 어디 그놈을 어두운 방에다 집어넣고 가두어 버리자고. 내 조카딸은 이미 그놈이 미쳤다고 믿고 있어. 우리는 좀 더 재미를 보고 그놈이 후회하게 만들어주자고. 싫증나서 놀이가 재미없어지면 자비를 베풀어주고 말이야. 그때 가서 이 음모를 밝히고 미치광이를 발견한 사람이라고 자네한테 상을 내리자고. 하지만 가만, 가만, 보자!

안드류가 등장한다.

패비언 5월 아침의 축제를 벌일 놀잇감이 또 한 명 더 오는군요.

안드류 여기 도전장이 있소. 읽어 봐요. 장담하지만, 식초와 후추로 양념 좀 쳤소.

패비언 그렇게 시고 매운가요?

안드류 그럼, 그놈에겐 말이야. 자, 읽어보라고.

토비 이리 줘보게. [읽는다.] '*이 젊은 놈아, 네놈이 누구건 간에 네놈은 풋내기에 불과하다.*'

패비언 좋군요. 용맹스럽군요.

토비 [읽는다.] '*궁금해 하지도 말고, 놀라지도 말거라. 왜 네놈을 그렇게 부르는지 말이다. 네놈한테 그 이유는 말해주지 않을 것이다.*'

패비언 어투가 좋습니다요. 나리를 법에는 걸려들지 않게 해주겠습니다요.

토비 [읽는다.] '*네놈이 올리비아 아가씨에게 찾아와 내가 보는 앞에서 아*

가씨는 네놈에게 친절하게 응대해주셨다. 하지만 네놈은 거짓말이 목에 걸려 있다. 이것이 내가 네놈한테 결투하는 용건은 아니다.'

패비언 매우 간결하군요. 상당한 지각인데요 [방백] — 가 아니라!

토비 [읽는다.] *'난 네놈이 집으로 돌아가는 길목에 있을 것이니, 거기서 네놈이 나를 죽일 기회가 있거든—'* 145

패비언 좋군요!

토비 [읽는다.] *'네놈은 악당 놈에 불한당 같이 나를 죽여라.'*

패비언 여전히 나리는, 법망을 피하고 있군요, 좋습니다요.

토비 [읽는다.] *'잘 있어라 이놈, 하나님께서 우리 두 사람 중 한 명에게 자비를 베푸시길! 내게 자비를 베푸실 지도 모를 일. 허나 내 희망이 더 나으니, 네놈은 몸보신 잘 하여라. 네놈이 하는 데 따라 네놈의 친구, 그리고 네놈의 적수.* 150

안드류 에이규칙'

이 편지가 못 움직인다면, 다리도 못 움직일 걸. 내가 전해 주겠소. 155

마리아 기회가 매우 좋아요. 그자가 지금 아가씨하고 이야기 중이니까요. 곧 떠날 거예요.

토비 자, 안드류 경. 가서 정원 모퉁이에서 그놈을 기다리고 계시오. 재산압류관들처럼 그렇게 말이오. 그러다 그놈을 보면 보자마자 바로 칼을 빼 드시오. 그리고 칼을 빼들면서 마구 끔찍한 욕을 해 대시오. 욕을 마구 해대며 빼기는 말투로 말하되 약간 코맹맹이 소리를 내면서 이야기하면, 실제보다 더 대장부 같아 보이니까. 자, 어서 가보시오! 160

안드류 욕해대는 건 날 못 따라올걸! [퇴장]

165 **토비** 저 양반의 결투장을 전하지는 않을 거야. 그 젊은 놈의 행동거지를 보면 머리도 있고 교육도 잘 받은 것 같으니까. 제 주인과 내 조카딸 사이를 왕래하는 일을 맡은 것만 봐도 분명해. 그러니 이 편지는 완전히 무시당해 버릴 테고, 그 젊은 놈한테는 아무런 겁도 주지 못할걸. 바보 같이 멍청한 자식이 쓴 거라고 즉시 알아챌 거야.
170 하지만, 가서 구두로 도전을 전한다면, 에이규칙을 매우 용맹스러운 자로 떠벌리면서 말이지, 그러고는 그놈에게 — 짐작에 그놈은 젊으니 바로 그걸 알아챌 거구 — 에이규칙이 격분한 일이나 그의 솜씨나 분노나 맹렬함에 대해 가장 무시무시한 생각이 들게 만들어 버릴 거야. 그러면 두 놈 모두 겁을 잔뜩 집어 먹고서는 서로 얼굴
175 만 보고도 서로 뻗어버릴 거라고. 전설 속의 괴물 뱀처럼 말이야.

올리비아와 바이올라가 등장한다.

패비언 여기 그자가 조카 따님과 함께 오는군요. 저자가 떠날 때까지 기다렸다가, 그러고 나서 바로 뒤쫓아 가세요.

토비 그동안 결투로 던져줄 뭔가 무시무시한 말들을 한번 생각해 봐야겠어.

토비, 패비언, 마리아가 퇴장한다.

180 **올리비아** 목석같은 마음에다 대고 너무 많은 말을 쏟아내 버렸네요.
게다가 너무 현명치 못하게도 제 명예를 내던져 놓았고요.
저의 잘못을 질책하는 마음이 제 속에 약간 있기는 하지만,

허나 그것이 너무도 막강하고 엄청난 잘못인지라,
그 잘못이 그저 그 질책을 조롱만 할 뿐이랍니다.

바이올라 아가씨의 열정이 지닌 것과 똑같은 식으로 185
제 주인님의 슬픔도 계속되고 있습니다.

올리비아 자, 저를 위해 이 보석을 지니고 계세요. 제 초상이에요.
거절하지는 마세요. 당신을 괴롭힐 혀는 거기 없으니까요.
그리고 부탁드리니, 내일 다시 방문해 주세요.
제 명예를 제외하고 제게 청하실 일이 있으시다면, 190
그게 무엇이건 제가 거절하겠어요?

바이올라 주인님께 대한 아가씨의 진정한 사랑, 이 청 말고는 없습니다.

올리비아 제 명예를 지니고 어찌 제가 그분께 드릴 수 있겠어요?
그 사랑을 이미 당신께 드렸는데 말이에요.

바이올라 제가 용서해 드리겠습니다. 195

올리비아 자, 내일 다시 들러주세요. 그럼 잘 가세요.
당신 같은 악마라면 제 영혼을 지옥까지 데려가도 좋아요.

[퇴장]

토비와 패비언이 등장한다.

토비 이보게, 안녕하신가.

바이올라 네, 나리두요.

토비 할 수 있는 방어는 다 취하는 게 좋을 거요. 댁이 그 양반한테 무슨 잘못을 저질렀는지는 모르겠소만, 원한에 가득 차서, 사냥꾼마냥 피에 굶주려 있는 적수가 정원 끝에서 기다리고 있소. 그 칼 200

을 꺼내들고 신속히 준비를 해두시오. 댁을 공격하는 자가 워낙 잽싸고, 노련한데다 무서운 사람이니까.

205 **바이올라** 사람을 착각하신 겁니다. 저는 분명 어느 누구하고도 싸울 이유가 없습니다. 제 분명한 기억으로는 어느 누구에게도 잘못을 저지른 일이 없습니다.

토비 장담하는데, 그렇지 않다는 것을 곧 알게 될 거요. 그러니, 어떻게든 목숨을 부지하고 싶다면, 방어 태세를 갖추시오. 상대편 적

210 수는 젊음과 강인함과 기술과 분노가 사나이에게 줄 수 있는 것을 자신 속에 겸비하고 있으니까.

바이올라 대체, 그자가 누구인지요?

토비 그 사람은 기사요. 한 번도 칼을 빼든 적이 없고 무공 때문이 아니라 나라 안에서의 봉사로 기사가 되었소만, 허나 사사로운 싸움에

215 는 귀신같은 자요. 이미 영혼과 육체를 떼 놓은 것이 세 번이나 된다오. 게다가 지금은 너무도 어찌할 바 없이 분노가 충천하여 상대를 죽여서 무덤에 보내버려야 직성이 풀릴 지경이라오. 지금 그 자는 치느냐, 당하느냐, 즉 죽느냐 죽일 것이냐로 벼르고 있소.

바이올라 다시 저 댁으로 돌아가서 아가씨께 도움을 청하겠습니다. 저는

220 싸움을 할 줄 모릅니다. 괜히 용맹을 시험해보려고 다른 사람들한테 싸움 거는 그런 부류의 인간들이 있다고 들은 적이 있습니다. 이 사람도 그런 괴상한 인간인 것 같군요.

토비 이것 보시오, 그렇지 않소. 그의 분노는 바로 매우 적절한 부당함에서 비롯된 것이오. 그러니 가서 그 양반이 원하는 대로 해주시

225 오. 그냥 그대로 그 집으로 되돌아 갈 수는 없소. 나와 겨루지 않

는 한 말이오. 그리고 그 양반과 상대하는 것만큼 안전을 보장해 줄 수가 없소. 그러니 자, 그 검을 빼 드시오. 여하튼 댁이 개입되어야하는 건 분명한 일이오. 아니면, 그 쇠붙이는 들고 다니지 않겠다고 맹세하든지.

바이올라 이건 정말 희한할 만큼 잘못된 일입니다. 부탁드리니, 제발 제게 호의를 좀 베풀어주십시오. 제가 그 기사 분께 어떤 잘못을 저질렀는지 알아봐 주십시오. 의도하지는 않았지만 모르는 중에 벌어진 일 같으니 말입니다. 230

토비 그렇게 하리다. 패비언, 내가 돌아올 때까지 이 신사 양반과 함께 있어주게. [퇴장] 235

바이올라 이 일에 대해 아시는지요?

패비언 내가 아는 바는 그 기사분이 댁한테 분노해 있다는 겁니다. 죽일 때까지 싸울 정도로 말입죠. 하지만 다른 자세한 사항은 더는 모릅니다.

바이올라 그 사람은 어떤 분이십니까?

패비언 외모로 보아서는 그리 대단치 않아 보입니다만, 그분의 용맹으로 말하자면 엄청나답니다. 그분은 정말 이 일리리아 지역 그 어디에서건 찾아볼 수 있는 사람들 가운데서도 가장 솜씨 좋고, 맹렬하고 치명적인 적수랍니다. 그분께 바로 가보시겠습니까? 제가 할 수만 있다면 그분과 댁이 화해하게끔 만들어 드리지요. 240 245

바이올라 그래 주신다면야 정말 감사드리겠습니다. 저는 기사보다는 신부님과 함께 있어야 할 그런 사람이거든요. 제 용기가 어느 정도인지에 대해 누가 알건 상관없습니다. [모두 퇴장]

토비와 안드류가 등장한다.

토비 이봐, 그놈은 정말 귀신같더이다. 그렇게 여자 같이 생겨놓고는 무
250 사 같은 놈은 내 평생 처음 봤소. 그놈과 한번 겨뤄 봤는데, 양날
칼로도 그리고 칼집으로도 모두 말이오. 그 자식이 어찌나 맹렬히
달려들어 찌르든지 피할 수가 없더이다. 되받아 칠 때는 경의 발이
서 있는 그 땅을 그 발이 딛고 있는 것만큼이나 확실하게 찌르더이
다. 사람들 말로는 페르시아 왕의 검술사였다 하더이다.

255 **안드류** 이런, 그자하고는 상대하지 않겠소.

토비 하지만, 이제는 그놈이 화해하려 들지 않을 거요. 패비언이 저쪽
에서 그놈을 붙들고 있느라 애먹고 있소.

안드류 젠장, 그놈이 용맹할 줄 짐작이라도 했다면, 게다가 그토록 칼 솜씨
가 좋을 줄 알았다면, 도전장을 건네주기 전에 그냥 그놈이 저주받게
260 되는 거나 볼걸 그랬군. 그놈더러 이 일을 그냥 넘어가자고 해보시오.
그러면 내 말을 주겠다고 해보시오. 내 회색 말 캐필레 말이요.

토비 시도는 한번 해보겠소. 여기 서 있으시오. 그럴싸하게 보이도록 해가
지고 말이오. ―그러면 목숨을 잃지 않고서도 끝날 수 있을 테니까.
[방백] 자, 난 자네 위에 올라타는 것처럼이나 자네 말도 잘 탈거요.

패비언과 바이올라가 등장한다.

265 [패비언에게] 이 싸움을 중재해주고 저 양반의 말을 차지할거네. 내
가 저 젊은 놈이 귀신같다고 해줬지.

패비언 저자도 똑같이 그 나리한테 지독히도 겁먹고 있습니다요. 마치

곰에게 쫓긴 모양으로 헐떡대면서 파랗게 질려 있습지요.

토비 [바이올라에게] 이보게, 어쩔 수가 없겠네. 그 양반은 맹세한 대로 자네하고 싸우겠다는군. 자, 그 양반도 싸움에 대해 좀 더 잘 생 270 각해보니, 이야기할 가치는 거의 없다고 알고 있네. 그러니 그 양반이 맹세한 바에 대해 면목만 서도록 칼을 뽑으시게. 자네를 다치게 하지는 않겠다고 약속했으니.

바이올라 [방백] 부디 하나님 절 지켜주소서! 남자로서 내가 얼마나 부족한지 저 사람들에게 보여주게 생겼구나. 275

패비언 [안드류에게][35] 만약 저놈이 격분해 보이면 항복하십시오.

토비 자, 안드류 경, 어서, 어쩔 수가 없소. 저 신사 놈은 명예를 위해서 경과 한판 붙어보겠다고 하는구려. 결투의 규칙상 어쩔 수가 없소이다. 하지만 내게 약속했소. 자신이 신사이고 군인이니 경을 해치지는 않겠다고 말이오. 자 어서, 가보시오. 280

안드류 부디 하나님, 저자가 맹세를 지키게 해주소서!

바이올라 말씀드리는데, 이건 제 의사와는 다른 겁니다.

안드류와 바이올라가 칼을 뺀다.

안토니오가 등장한다.

안토니오 [칼을 뽑으며] 칼을 거두시오! 이 젊은이가
잘못했다면, 그 잘못은 내가 대신 받겠소.
당신이 잘못했다면, 이 친구를 위해 내가 댁을 상대하겠소. 285

---

35. 판본에 따라 바이올라에게 하는 대사로 처리하기도 한다.

토비 아니, 당신이? 이런, 그쪽은 누구요?

안토니오 저 친구에 대한 애정으로 무엇이건 할 수 있는 사람이요.
내가 그러리라고 저 친구에게서 들은 것 그 이상으로 더 말이요.

토비 이런, 끼어들겠다면, 내가 상대해주지. [칼을 뽑는다.]

두 명의 경관이 등장한다.

290 **패비언** 오, 이런, 토비 나리, 참으세요! 경관이 이리로 오고 있어요.

토비 [안토니오에게] 나중에 상대해주지.

바이올라 [안드류에게] 부디, 칼을 거두시지요. 제발요.

안드류 그럼요, 그러지요. 그리고 약속드린 대로, 말한 대로 할 것이오.
그놈이 댁을 편안하게 태우고 고삐로 잘 모셔갈 거요.

295 **경관 1** 이자다. 체포해.

경관 2 안토니오, 오르시노 공작님의 명에 따라
네놈을 체포한다.

안토니오 사람을 잘못 보셨소.

경관 1 아니, 천만에. 네놈 얼굴을 잘 알지,
300 지금은 선장 모자를 머리에 쓰고 있진 않지만 말이다.
데려가라. 자기를 잘 알고 있다는 걸 그자도 알고 있으니.

안토니오 따를 수밖에 없군. [바이올라에게] 당신을 찾아다니다 이렇게 되었소.
하지만 어쩔 수가 없으니, 그대로 당해야지.
이제 어쩌실 거요? 이제 내가 궁지에 처해 있으니
305 내 지갑을 달라고 청할 수밖에 없겠소. 내가 처하게 된 상황보다도
당신을 위해 더 이상은 무엇이건 해줄 수 없다는 것이

더 슬프게 만드는군요. 놀란 듯 서 있는데,

허나 기운 내시오.

경관 2 자, 어서, 가자.

안토니오 당신한테 아까 준 그 돈을 좀 달라고 청해야겠소. 310

바이올라 무슨 돈 말씀이신지요?

여기서 저를 위해 보여주신 그 호의와

현재 처하고 계신 그 어려움을 보아서,

미력하고 얼마 되지는 않지만

약간은 빌려 드리겠습니다. 제가 지닌 게 많지는 않습니다. 315

지금 가지고 있는 것을 나누어 드리겠습니다.

자, 여기 가지고 있는 것의 절반입니다.

안토니오에게 돈을 준다.

안토니오 지금 나를 모르는 척 하는 거요? [돈을 거절한다.]

내가 당신한테 베풀어준 것만으로도

그러기 어렵다는 거요? 나를 비참하게 만들지 마시오. 320

당신한테 베풀어 준 그 친절을 가지고

당신을 질책할 지경으로

나를 나약한 자로 만들지 마시오.

바이올라 저는 전혀 알지 못합니다.

또한 목소리나 그 모습으로도 당신을 모릅니다. 325

저는 배은망덕을 인간 속의 그 무엇보다도 혐오합니다.

거짓말이나, 허영이나, 술주정보다도 더 말입니다.

혹은 우리의 연약하나 피 속에 있는
그 강력하고 부패한 어떤 악덕보다도 더 말입니다.

330 **안토니오** 오 하늘이시여!

경관 2 자, 어서 가세나.

안토니오 잠깐, 한마디만 하겠소. 여기 있는 이 젊은이는
반쯤 죽을 지경에 처해 있는 것을 내가 구해 주었소.
그리고 막대한 애정으로 그를 돌보았소.
335 또한 그의 용모를 보고
존경할만한 가치가 있다고 생각되어 숭배했소.

경관 1 그게 우리와 무슨 상관이야? 시간만 간다. 가자!

안토니오 하지만, 신과도 같은 이자는 얼마나 추악한 우상이란 말인가!
세바스찬, 당신은 훌륭한 용모에 수치를 가했소.
340 본성에 있어 마음만큼 더러운 것은 없소.
호의를 모르는 자만큼 더 흉측하다 할 것은 없소.
덕은 아름답지만, 아름답게 보이는 악은
귀신들이 들끓는 텅 빈 몸뚱이에 불과한 법이오.

경관 1 이자가 실성해버린 모양이군, 자, 이자를 끌고 가라! 자, 어서, 어
345 서.

안토니오 자, 데려가시오.

경관들과 퇴장한다.

바이올라 저분의 말이 너무도 열정적인 것으로 보아
정말 확신하는 것 같은데. 그런데 난 아니잖아!

내 상상이 맞는다면, 오, 제발 맞았으면,
그래서 나를 우리 오라버니로 잘못 알았던 것이라면! 350

토비 자, 기사 양반, 어서 이리 오시게. 어서 이리 좀 와봐, 패비언. [한쪽으로 비켜선다.] 어디 우리도 한번 멋들어진 한두 마디 주고받아 보세나.

바이올라 그 사람이 세바스찬이라고 불렀어. 난 오라버니를 보지.
내가 거울을 볼 때마다 살아 있는 오라버니를. 정확히 이렇게, 355
그리고 이런 모습이었어 오라버니는. 게다가
늘 이런 식의 복장에, 이런 빛깔, 장식을 하셨지.
나는 오라버니를 흉내 냈는데. 오, 내 상상이 맞는다면,
폭풍우가 친절도 하고 소금기 어린 파도도 사랑으로 새록새록 넘실댈 텐데! [퇴장]

토비 그 참 되먹지 못한 몹쓸 자식이로군. 게다가 토끼보다 더 겁쟁이잖아. 궁지에 처한 친구를 내버려두고 모른다고 딱 잡아떼는 걸 보니 정직하지 못한 게 그대로 여실히 드러나는구먼. 저놈의 비겁함에 관해서는, 패비언에게 물어보시게. 360

패비언 겁쟁이죠, 암요, 비겁함을 종교처럼 받드는 독실한 겁쟁이 자식이죠.

안드류 이런, 다시 저놈을 뒤쫓아 가서 두들겨 패줘야겠소. 365

토비 그래, 손으로 확실하게 두들겨주게, 하지만 칼은 뽑지 마시게나.

안드류 내가 그러지 않으면— [퇴장]

패비언 자, 가서 구경하시지요.

토비 내 얼마라도 돈을 걸겠지만 결국 아무 일도 아닐 거야.

[모두 퇴장]

4막

1장

길거리

세바스찬과 페스테가 등장한다.

페스테 댁을 부르러 보내신 게 아니란 걸 좀 믿을 수 있게 해볼래요?
세바스찬 자, 자, 바보 같은 친구로구먼.
제발 저리 좀 가주시게.
페스테 정말, 잘도 버티시네! 그래요, 난 댁을 모릅니다요. 그리고 우리
5 아가씨께서 댁이 찾아와 이야기 나누게 하려고 날 보내신 것도
아니고 말입죠. 그리고 댁의 이름은 세자리오도 아니지요. 그리
고 이건 내 코도 아니고. 그 무엇이건 있는 그대로가 아닙지요.
세바스찬 제발 자네 바보짓거리를 다른 곳에나 가서 쏟아내시게.
그쪽은 나를 알지 못하니.
10 **페스테** 내 바보짓을 쏟아내라니! 꽤 대단한 작자한테서 그 말을 주워듣
고 와서는 바보한테 지금 써먹다니. 내 바보짓을 쏟아내라니! 이
커다란 굼벵이 같은 세상이 얼간이가 될까봐 걱정스럽네요. 자,
부디 그 희한한 행동이나 집어치우고 우리 아가씨한테 가서 무어
라 쏟아낼지나 말해주시지요. 아가씨께 댁이 온다고 쏟아낼까요?
15 **세바스찬** 제발, 말귀도 못 알아듣는 바보 같으니, 날 좀 내버려둬.
여기 돈이 있으니 받으시게. 더 오래 우물거리다간,

더 나쁜 걸 받게 될 테니.

페스테 정말 관대하시군요. 바보들한테 돈을 주는 그런 현명한 사람들은 좋은 평판을 얻는 답니다 — 14년 정도 돈을 들인 다음에야 말입죠. 20

안드류, 토비, 그리고 패비언이 등장한다.

안드류 자, 이봐, 네놈을 또 만났구나? [세바스찬을 친다.] 자 받아라.

세바스찬 뭐, 너도 받아라. 이것도 또 여기도 한 방!

안드류를 두들겨 팬다.

아니, 사람들이 전부 실성해 버린 건가?

토비 이봐, 멈춰. 아님 네놈의 단검을 집 위로 날려버릴 테니. 25

페스테 즉시 아가씨께 가서 알려드려야겠다. 2펜스를 준다 해도 그쪽의 처지에 있고 싶진 않군. [퇴장]

토비 자, 어서, 이봐, 멈춰!

안드류 아니, 그자를 그냥 두시오. 내가 다른 방법으로 그놈을 다루겠소. 그놈을 폭행구타 죄목으로 고소할 거요. 일리리아에 그런 법이 30 있다면 말이요. 내가 먼저 그놈을 치기는 했지만, 뭐, 그거야 그다지 상관없지.

세바스찬 그 손 놓아!

토비 자, 어디, 안 놔줄 거야. 자, 어서, 젊은 용사, 자네 칼을 넣게. 엄

35 청 싸우고 싶어 하는군. 자!

세바스찬 네게서 빠져나갈 테다. [칼을 뽑는다.] 자, 이제 어쩔 셈이냐?
나를 더 이상 시험하려거든, 칼을 뽑거라.

토비 뭐라, 뭐! 아니, 정 그렇다면, 네놈한테서 그 무례한 피를 한두 온스 정도 흘리게 해줘야만 하겠군. [칼을 뽑는다.]

올리비아가 등장한다.

40 **올리비아** 잠깐, 토비 숙부님! 숙부님 목숨에 두고 명하노니, 그만둬요!

토비 마담—

올리비아 언제나 이러실 건가요? 은혜도 모르는 비열한 작자 같으니라고,
산이나 야만스러운 동굴에나 적합하고,
예의범절이라고는 배워먹지도 못한 사람처럼! 어서 가세요!—
45 오, 세자리오 님. 부디, 화내지 마세요.—
악당 같으니, 어서 가시라고요!

[토비, 안드류, 패비언 퇴장]

부디, 진정하시고
당신의 평강을 깰 정도로 무례하고 부당한 이 일에서
감정이 아니라 지혜를 사용해 주세요.
저와 함께 집으로 들어가요.
50 거기서 이 무뢰한이 얼마나 말도 안 되는
많은 일들을 벌여왔는지 들려드릴 테니.
그러면 이번 일에 웃으시게 되실 거예요. 가실 수밖에 없으실 걸요.
거절하지 마세요. 나 원 참 숙부님도!

덕분에 내 심장을 놀래켜 놓으셨네요.

세바스찬 [방백] 이건 또 무슨 일일까? 무슨 일이 벌어지고 있는 거지? 55

내가 미쳐버린 걸까? 아니면 이건 분명 꿈일 거야.

상상이 내 감각을 이대로 망각의 강 속에 잠겨 있게 해주렴.

이게 꿈이라면, 계속 잠들어 있었으면!

올리비아 자, 어서, 부탁드릴게요. 제 청을 들어주세요!

세바스찬 네, 아가씨, 그렇게 하겠습니다. 60

올리비아 그리 말씀하시니, 그렇게 해주세요. [퇴장]

2장

올리비아의 저택

마리아와 페스테가 등장한다.

마리아 자, 이 가운을 입어. 이 수염도 붙이고. 집사가 널 토파스 보좌 신부님으로 믿게끔 만들어야 해. 자 빨리 어서 해. 난 그동안 토비 나리를 부를 테니. [퇴장]

페스테 좋아, 그러지 뭐, 그럼 이제 그걸 입고 어디 한번 가장 해봐야겠군. 내가 저런 가운을 입고 변장한 최초의 인간이라면 좋겠군. 이 일을 할 만큼 나는 뭐 그리 키가 크지도 않고, 또 훌륭한 학자로 여겨질 만큼 그다지 삐쩍 마르지도 않았어. 하지만 뭐, 정직한 사람으로 말해지고 착실한 살림꾼이라고 말해지는 건, 조심스러운 사람이고 훌륭한 학자라는 말을 듣는 거나 마찬가지지 뭐. 저기 공모자들이 나타나는구먼.

토비와 마리아가 등장한다.

토비 조브 신의 축복을, 신부님.

페스테 '보노스 디에스',[36] 토비 나리. 한 번도 펜과 잉크를 본 적이 없다는 프라하의 연로한 은자가 고보독 왕의 조카딸에게 매우 재치 있게도 '있는 것은 있는 것이다'라고 했습죠. 그러니 나도 신부님

36. "good day"라는 뜻이다.

이니 신부님인 거죠. '그것'이 그것이 아니라면 무엇이 '그것'이 15
며, '있는 것'이 '있는 것'이 아니면 무엇이 '있는 것'이냐?니까.

토비 토파스 신부님, 그자에게 가시지요.

페스테 자, 그럽시다! 이 감방 안에 평화가 임하길!

토비 저놈이 제법 흉내를 잘 내는군.

말볼리오 [안에서] 거기 누구시오? 20

페스테 토파스 보좌 신부요. 미치광이로 알려진 말볼리오를 만나러 왔소.

말볼리오 토파스, 토파스 신부님. 아, 토파스 신부님, 아가씨께 가주세요!

페스테 꺼지거라, 광기를 일으키는 귀신아! 어찌 이자를 괴롭히느냐! 네 놈은 아가씨 이야기 말고는 할 이야기가 없는 게냐?

토비 신부님, 말씀 참 잘하셨습니다. 25

말볼리오 토파스 신부님. 어느 누구도 이런 식으로 부당하게 당한 자는 없었습니다. 선량하신 토파스 신부님, 제가 미쳤다고 생각하지 마세요. 그놈들이 저를 여기 이 끔찍한 어둠 속에다 가두어 놓았답니다.

페스테 집어 치워라, 이 사악한 악마 놈아! 가장 부드러운 용어로 이런 식으로 부르는 거다. 나는 악마를 예의바르게 대접하는 점잖은 30 사람들 가운데 하나이기 때문이다. 네놈은 지금 집이 어둡다고 말하느냐?

말볼리오 지옥 만큼이나요, 토파스 신부님.

페스테 저런, 빛 가리개만큼이나 투명한 들창들이 나 있는 데도 말이냐. 또 남북 향의 위쪽 창들은 흑단처럼 찬란하게 빛나고 있는 데도 35 말이냐. 그런데도 네놈은 지금 빛이 차단되었다고 투덜대고 있는 것이냐?

말볼리오 토파스 신부님. 저는 미치지 않았습니다. 정말 말씀드리는데, 이 집은 어두워요.

40 **페스테** 이 미치광이 놈아, 네가 잘못 알고 있는 거다. 무지 외에는 어둠이라고는 없어. 무지 가운데서 네놈은 이집트 사람들이 안개 속에 싸여 있는 것보다 더한 혼돈 속에 빠져 있는 거야.

말볼리오 그럼 이 집은 무지만큼이나 어둡다고 할게요. 무지는 지옥만큼 어둡다하더라도 말입니다요. 그리고 이런 식으로 사람을 심하게

45 학대한 적은 절대 없었어요. 저는 신부님만큼이나 미치지 않았다고요—어떤 질문이건 하셔서 한번 시험해보십시오.

페스테 그렇다면 들에 사는 들짐승에 대한 피타고라스의 견해는 그 무엇인가?

말볼리오 우리 할머니의 영혼이 새 안에 행복하게 거하실지도 모른다는

50 거지요.

페스테 그 견해에 대한 자네 생각은 어떠한가?

말볼리오 전 영혼에 대해 고귀하게 여기며, 또한 그 사람의 견해를 절대 인정하지 않습니다.

페스테 그럼 잘 있게나. 계속 어둠 속에 머물고 있게나. 내가 자네 머리

55 를 확인하기 전에 피타고라스의 견해를 갖게 될 테니. 또 자네 할머니의 영혼을 죽이지 않으려고 바보 같은 도요새조차 죽이기가 무서워질 걸세. 잘 있게나.

말볼리오 토파스 신부님, 토파스 신부님!

토비 오 훌륭하신 토파스 신부님!

60 **페스테** 뭐, 저야 뭐든 할 준비가 되어 있지요.

마리아 턱수염과 가운 없이도 이렇게 할 수 있었을 거야. 그 작자는 너를 보지 못하니까.

토비 원래 자네 목소리로 그놈한테 한번 가 봐. 그리고 어떤지 내게 알려줘. 골탕 먹이는 이 짓거리는 이제 그만 끝냈으면 싶구나. 그놈이 별 문제 없이 풀려날 수 있다면, 이제 그만 그랬으면 좋겠어. 65
지금 조카딸이 나한테 무지 화가 나 있는 탓에, 이제 더 이상은 이 재미를 끝까지 무사히 끌고 갈 수가 없을 것 같아서 그래. 내 방으로 바로 오게.

마리아와 함께 퇴장한다.

페스테 [노래한다.] *안녕, 로빈, 즐거운 로빈*
말해 주게 자네 아가씨가 어떠신지. 70

말볼리오 바보광대야!

페스테 [노래한다.] *우리 아가씨는 매정하시지.*

말볼리오 바보광대야!

페스테 [노래한다.] *이런, 아가씨가 왜 그러시지?*

말볼리오 어이, 바보광대! 75

페스테 [노래한다.] *아가씬 다른 사람을 사랑하시지—*
어, 누가 날 부르지?

말볼리오 착한 바보야, 나한테 대접 잘 받고 싶거든 양초와 펜과 잉크, 그리고 종이 좀 갖다 주게. 신사로서 맹세하네만, 내 이 일로 자네한테 감사할 테니.

페스테 말볼리오 님이신가요? 80

말볼리오 그래, 착한 바보야.

페스테 이런, 나리, 어쩌다 그만 정신이 나가버리셨나요?

말볼리오 바보야, 이렇게 끔찍이도 심하게 학대 받은 사람은 아무도 없어! 난 바보 너만큼이나 멀쩡하단 말이야.

85 **페스테** 하지만 그만큼만요? 그렇다면 정말 실성하신 게 맞네요. 바보보다 머리가 더 나은 게 아니시라면요.

말볼리오 그놈들이 날 여기다 가둬놨어. 캄캄한 데다 가두고 신부들을 내게 보냈다고 — 바보 같은 놈들. 그리고는 날 미치게 만들려고 온갖 짓거리들을 하고 있다고.

90 **페스테** 충고 드리는데 말씀 조심하시죠. 신부님이 계시거든요 — [토파스 신부처럼 말하면서] 말볼리오, 말볼리오, 자네 머리를 하늘이 다시 온전케 해주길! 잠들려고 애써보고 쓸데없이 지껄여대는 건 그만 두게.

말볼리오 토파스 신부님!

페스테 [토파스 신부처럼] 자, 이보게, 저 사람하고 아무 말도 섞지 말게!

95 [본인 음성으로] 누구요, 신부님, 저 말입니까?

그럼, 안녕히, 신부님!

[토파스 신부로] 그래, 아멘!

[본인 음성으로] 그럴게요, 신부님. 그럽죠.

말볼리오 바보야, 바보야, 바보야, 어디 있어!

100 **페스테** 아, 나리, 참으세요. 무어라고요, 나리? 나리하고 이야기하다가는 혼납니다요.

말볼리오 착한 바보야, 촛불하고 종이 좀 갖다 주게나. 말했잖아. 일리리아의 그 누구보다도 나는 정신이 말짱하단 말이야.

페스테 아, 나리, 그러시길 바랍니다요!

말볼리오 이 손에 걸고 맹세하네만, 정말이야! 착한 바보야, 잉크하고 종이하고 촛불 좀 가져와. 그리고 내가 적어주는 걸 아가씨께 전해다오. 그 어떤 편지를 전달해주는 것보다도 후하게 사례 받게 될 테니. 105

페스테 나리를 도와드리도록 합죠. 하지만 솔직히 말해보시죠. 정말 실성하신 건가요? 아니면 그냥 실성한 척 하시는 건가요?

말볼리오 날 믿게나. 난 안 미쳤어. 정말이야. 110

페스테 하지만 미친 사람의 머릿속을 보기 전까지는 미치광이는 절대 안 믿을 거예요. 촛불을 가져올게요. 종이하고 잉크도요.

말볼리오 바보야, 최대로 사례해 주마. 그러니 부디 부탁이니 어서 다녀오거라.

페스테 [노래한다.] *나리, 전 갑니다요.* 115

나리, 지금 곧 갑니다요.

잠시 후 돌아올게요.

잠시 후에,

옛날 연극 속의 악마 역할처럼

나리의 소망을 채워 드릴게요. 120

격분하고 화가 나서

칼을 꺼내 들고

'아, 하!'라고 악마한테 외쳐대네.

미친 사람 마냥,

'손톱 깎아요, 아빠. 125

안녕, 좋으신 악마님!' [퇴장]

3장

올리비아의 정원

세바스찬이 등장한다.

세바스찬 이건 공기, 저건 찬란히 빛나는 태양.
이 진주는 아가씨가 내게 주었지. 만질 수 있고, 볼 수도 있어.
이렇게 뭔가에 홀려버린 것 같지만,
하지만 이건 미친 게 아니야. 그런데 안토니오 님은 어디 계신 걸까?
5 엘리펀트 여관에서도 찾을 수가 없었는데.
하지만 그곳에 가셨었지. 거기서 정보를 들었으니까.
날 찾으러 마을을 돌아다니고 계셨다고 하던데.
지금 그분의 조언을 들을 수 있다면 정말 좋으련만.
내 영혼은 내 지각과 의논하여 이게 실성한 것은 아니지만,
10 무언가 착오가 있는 것일지 모른다고 하니 말이야.
하지만 이런 우연과 행운은 지금까지 겪어본
그 어떤 경우나 온갖 설명을 너무도 뛰어넘는 것인지라,
내 눈을 믿지 못할 지경이구나.
또한 내 이성으로는 내가 실성했거나
15 아니면 그 아가씨가 실성한 거라는 것 말고는
아무것도 믿지 말라고 이야기하지만. 허나 만약 그렇다면,

그 아가씨는 집안을 그렇게 잘 챙기고 하인들에게 분부하고
여러 일들을 처리하고 해결할 수가 없을 터인데.
내가 본 것처럼
그토록 평안하고 분별력 있고 차분한 태도로 말이야. 20
무언가 이상한 게 있긴 한데. 하지만 아가씨가 오시는구나.

올리비아와 신부가 등장한다.

올리비아 이렇게 서두르는 것을 책망하지 마세요. 진정 말씀 하신대로라면,
지금 저와 그리고 신부님과 함께 근처에 있는 성당으로 가시죠.
그곳에서 신부님 앞에서
그리고 신성한 지붕 아래에서 25
당신의 진심을 분명하게 확인시켜 주세요.
그러면 의심 많고 불안한 제 영혼이
평안해질 거예요. 신부님께서는 비밀로 해주실 거예요.
그 일이 알려지기를 당신이 원하실 때까지 말이에요.
그때 가서 제 태생에 맞게 30
예식을 올리도록 해요. 어떻게 생각하세요?

세바스찬 이분을 따라 가겠습니다. 그리고 당신과 함께요.
그리고 진실을 맹세했듯이, 영원히 진실할 겁니다.

올리비아 그렇다면 신부님, 길을 안내해 주세요. 하늘이시여
이런 제 행동이 아름답게 보일 수 있도록 살펴 주시옵소서! 35

[모두 퇴장]

5막

1장

길거리

패비언 자, 나를 좋아한다면, 그놈 편지 좀 보여주게나.

페스테 패비언 나리, 다른 부탁하나 들어주시죠.

패비언 뭐든지.

페스테 이 편지를 보려고 하지 마세요.

5 **패비언** 뭐, 이건 개를 주고는 그 답례로 내 개를 다시 돌려달라는 식이지 뭐야.

오르시노, 바이올라, 큐리오와 신하들이 등장한다.

오르시노 자네들은 올리비아 아가씨 댁 사람들 아닌가?

페스테 네, 공작님, 아가씨의 하인들입니다.

오르시노 자네를 잘 알아. 이보게, 어떻게 지내는가?

10 **페스테** 솔직히, 원수 놈들 덕분에 더 잘 지내고 친구 놈들 덕분에 더 나쁘게 지내고 있습니다.

오르시노 바로 그 반대라야지. 친구들 덕분에 더 잘 지내야지.

페스테 아니요, 공작님. 더 나쁩니다요.

오르시노 어떻게 그럴 수가 있는가?

15 **페스테** 글쎄, 공작님, 친구들은 저를 칭찬해줘서 바보로 만들거든요. 지

금 제 원수 놈들은 솔직하게 제가 바보라고 분명히 말해주지요. 그래서 원수 놈들 덕분에 제 자신에 대해 알게 되지요. 그리고 친구 놈들 때문에 전 속거든요. 그러하니, 결론은 입맞춤과 같아요. 아시다시피 네 개의 부정은 두 개의 긍정을 만드니까요, 그렇다면 친구 놈들로 인해 더 나빠지고, 원수 놈 덕분에 더 좋아지는 거죠. 20

오르시노 저런, 훌륭하군.

페스테 공작님, 절대로, 안됩니다. 제 친구 놈들 가운데 하나가 되는 걸 좋아하신다 하더라도 말입죠.

오르시노 나 때문에 나빠지지는 않을 걸세. [동전을 준다.]

자, 금화를 받게나. 25

페스테 이중 거래만 아니라면, 다시 한 번 더 주실 수 있으시길 바랍니다만.

오르시노 이런, 내게 나쁜 조언을 해주는군.

페스테 이번만은 공작님의 명예는 그만 잊어버리시고, 살과 피가 시키는 대로 하십시오. 30

오르시노 자, 이중 거래자가 될 정도로 죄인이 한번 되어보겠다. 자, 또 한 닢 여기 있다.

페스테 '첫 번째, 두 번째, 세 번째'는 참 좋은 놀이지요. 또 옛 말에도 '세 번째가 모든 걸 갚는다'고 하지요. 공작님, 세 박자가 춤추기도 좋은 리듬이랍니다. 또한 공작님, 성 베넷 성당의 종들을 한번 35 생각해 보세요. —한 번, 두 번, 세 번 울리지요.

오르시노 이번에는 더 이상 내게서 돈을 얽어낼 수는 없을 거다. 아가씨께 가서 내가 만나 뵈러 왔다고 전하고, 아가씨를 함께 모시고 나

온다면야, 그 때에는 어쩌면 내가 후하게 인심 쓰게 될는지도 모

40 르겠다만.

페스테 그럼, 공작님, 제가 돌아올 때까지 공작님의 후한 인심은 주무시고 계시길. 자, 갑니다요. 하지만 소유하고자 하는 제 욕망을 탐욕의 죄로 생각지는 마시길 바랍니다. 하지만 말씀하시듯이, 관대하심은 낮잠 재워 놓으십시오. 제가 곧 깨워드릴 테니까요. [퇴장]

안토니오와 경관이 등장한다.

45 **바이올라** 공작님, 저를 구해주셨던 바로 그분이 여기 오시네요.

오르시노 저자의 얼굴은 나도 잘 기억하고 있지.

하지만 지난번에 보았을 때는 대장간의 신 불칸[37]처럼

전쟁터의 화염 속에서 시커멓게 그을어 있었어.

저자는 보잘 것 없는 조그만 배의 선장이었는데.

50 무게도 가볍고 붙잡을 가치도 없는 그런 배 말이야.

그 배를 가지고도 최고로 당당한 우리 함대와

너무도 격렬하게 사투를 벌였는데,

수치스럽게도 우리가 패자가 되어버렸고

저자는 평판과 명예를 얻었었지. 그런데 무슨 일이냐?

55 **경관 1** 오르시노 공작님, 이자가 바로 안토니오입니다.

피닉스 호를 탈취하고 크레타의 수도 캔디아에서 오던 화물선을

약탈했던 바로 그놈입니다. 또한 타이거 호에 올라타

공작님의 나이 어린 조카 타이터스 님께서 다리를 잃게 만든 바로

37. 로마 신화의 불의 신으로, 신들의 대장장이로 알려져 있다.

그 장본인입니다.

이곳 길거리에서 수치와 위험도 개의치 않고,

사사로운 싸움을 벌이고 있던 와중에 저희가 체포했습니다. 60

바이올라 공작님, 저분께서 친절을 베풀어 제 편을 들기 위해 칼을 뽑으셨습니다.

하지만 결국에는 희한한 말씀들을 하셨습니다.

저는 무슨 소린지 모를 말이었고 그저 헛소리 같았습니다.

오르시노 악명 높은 해적놈, 이 바다의 도둑놈.

어찌 이리도 어리석고도 대담하게도, 65

네놈이 그토록 잔인하고 격한 상황 속에서

원수로 만든 사람들의 수중으로 뛰어들게 되었느냐?

안토니오 고귀하신 오르시노 공작님.

제게 주신 이런 이름들은 거두어주십시오.

안토니오는 결코 도둑도 해적도 아닙니다. 고백합니다만, 70

상당한 근거와 이유로 오르시노 공작님의 적이긴 해도 말입니다.

마법에 걸려 저는 이곳까지 따라오게 되었습니다.

공작님 곁에 서 있는 가장 배은망덕한 저 사내는

격분하고 거품 머금은 거친 바다의 입에서부터

제가 구해냈습니다. 저자는 절망적인 상태로 난파되었습니다. 75

그의 생명을 제가 구해냈고, 거기에다 제 애정까지 더해주었습니다.

머뭇거리거나 주저 없이 저는 저자에게 헌신했습니다.

그를 위해 제 신분을 노출시켰습니다—

순전히 그에 대한 애정 때문에—

80 적의에 찬 이 지역의 위험 속에다 말입니다.
그리고 저자가 공격받았을 때, 그를 지키고자 칼을 뽑았습니다.
그 현장에서 제가 체포당했을 때 저자의 술수는—
위험에 처해 있는 저와 함께 위험에 빠지지 않기 위해—
자기가 아는 사람이 아니라고 부인하는 것이었습니다.
그리고는 눈 깜빡할 사이에, 20년간 안보고 지내온 사람처럼 되
85 었습니다.
그리고 제가 준 돈지갑마저 안 주려고 하더군요.
반시간도 채 지나기 전에
제가 저자가 쓰도록 건네주었던 바로 그 지갑 말입니다.

바이올라 어떻게 이럴 수가?

90 **오르시노** 그자가 이 지역에 언제 왔느냐?

안토니오 오늘입니다. 공작님. 그리고 석 달 전부터
잠시도 쉬지 않고, 단 일분의 간격도 없이
밤낮으로 우리는 함께 있었습니다.

올리비아와 시종이 등장한다.

오르시노 여기 아가씨가 오시는군. 천사가 땅 위를 걷고 있는 도다!
95 허나, 이보게, 자네 말은 정신 나간 헛소리다.
석 달 동안 이 젊은이는 내 시중을 들어왔다.
하지만 나중에 좀 더 들어보도록 하지. 데리고 가거라.

올리비아 공작님께서 분부하시고 싶으신 게 무엇인지요?
제가 드릴 수 없는 것 외에 올리비아가 할 수 있을 것 같은 게 무

엇인지?

세자리오 님, 저와의 약속을 지키지 않으시는군요. 100

바이올라 아가씨 무슨 말씀이신지?

오르시노 올리비아 아가씨—

올리비아 세자리오 님, 왜지요? [공작에게] 공작님, 잠깐만—

바이올라 공작님께서 말씀하시려는데. 제 본분 상 입 다물어야 합니다.

올리비아 공작님, 늘 하시는 그 곡조라면, 105

제 귀에는 지겹고 역겨울 뿐이에요.

음악을 듣고 난 뒤에 개가 짖어대는 소리 만큼이나요.

오르시노 여전히 그리도 매정하시오?

올리비아 여전히 그리도 변함이 없는 것이지요, 공작님.

오르시노 뭐요, 괴팍한 지경까지? 무례한 아가씨로군, 110

배은망덕하고 보답도 없는 신전에다

신실하게 바쳐진 그 충실한 기원을

내 영혼이 바쳐왔다니!—아, 이제 어찌할 것인가?

올리비아 무엇이건 공작님께 맞는 대로 원하시는 대로 하셔야지요.

오르시노 그럴 마음을 가지고 있다면야 115

죽음을 맞이한 이집트인 도둑의 경우처럼

내가 사랑하는 것을 왜 내가 죽이지 않겠소?—때로

고귀한 맛이 감도는 야만적 질투심이여! 허나 내 말을 들어보시오.

당신이 내 충정을 무시해버렸고

당신 마음속에서 내가 있어야 할 자리에서 120

나를 밀어낸 그 도구를 다소 짐작하겠으니,

당신은 냉혹한 마음을 지닌 폭군처럼 그렇게 계속 살아가시오.
하지만 내가 알기로 당신이 사랑하고,
또 맹세컨대 나도 매우 아끼는 이놈은

125 그 잔인한 눈에서부터 떼어놓을 것이오.
주인이 누려야 하는 그 영예를 자신이 차지해버린 바로 그 눈에서 말이오.
자, 나와 같이 가자. 내 마음이 악한 짓을 하려고 드는구나.
난 내가 사랑하는 어린양을 희생시킬 것이오.
비둘기 같은 모습 속의 까마귀 같은 심장을 괴롭히려고 말이오.

130 **바이올라** 그리고 저는 가장 즐겁고도 신속히 또, 흔쾌히 할 겁니다.
공작님을 마음 편히 해드리기 위해서라면 천 번이라도 죽을 겁니다.

올리비아 세자리오 님, 어디 가세요?

바이올라 제가 사랑하는 분을 따라갑니다.
이 두 눈보다도, 내 목숨보다도 더 사랑하는

135 그 어느 것보다도 더, 내가 아내를 사랑하게 될 것보다도 더 말입니다.
내가 거짓되게 가장하는 거라면 위에서 지켜보고 계시는 분이시여,
내 사랑을 더럽힌 죄에 대해 제 목숨으로 벌하소서!

올리비아 이런, 세상에, 이렇게 되다니! 내가 이렇게 속다니!

바이올라 누가 당신을 속였는데요? 누가 당신께 잘못을 저질렀나요?

140 **올리비아** 자신을 망각해 버리셨나요? 그게 그렇게도 오래되었나요?
신부님을 모셔오너라. [시종 한 명이 퇴장한다.]

오르시노 자, 가자!

올리비아 어디 가세요, 서방님? 세자리오 님, 서방님, 가지 마세요!

오르시노 서방님이라니?

올리비아 그래요, 서방님. 그분이 그걸 부인할 수 있을까요? 145

오르시노 이봐라, 서방이 맞느냐?

바이올라 아닙니다, 공작님. 전 아닙니다.

올리비아 이런 세상에, 바로 당신의 두려움 때문이로군요.

당신의 도리를 목 졸라 죽여 버리는 것이.

세자리오 님, 두려워 말아요. 당신의 운명을 붙들어요. 150

당신이 알고 있는 당신이 되세요. 그러면

당신이 두려워하는 그 상대만큼이나 높아지니까요.

신부가 등장한다.

오, 신부님, 어서 오세요!

신부님, 성스러운 직분에 걸고

여기서 밝혀주시길 부탁드려요. — 최근에 비밀로 하려 했으나 155

이제 때가 되기 전에 밝혀야 할 상황이 되어버렸어요 —

이 젊은 분과 저 사이에 최근에 있었던 일과 관련하여

신부님께서 알고 계신 것을 말씀해주세요.

신부 영원한 사랑의 언약을 맺으셨습니다.

그 언약은 두 분의 손을 맞잡아 확고하게 되고 160

성스러운 입맞춤으로 확인되고

반지를 서로 교환하여 더욱 강하게 되었지요.

그리고 이 언약의 모든 의식 일체는 사제로서의 제 직분에 따라

저의 공식 선언에 따라 공적인 사실로 봉인되었습니다.

165 그때 이후로는 제 시계에 따르면

불과 두 시간 정도 더 제 무덤 쪽으로 좀 더 걸어갔군요.

오르시노 오 이 간교한 놈 같으니! 시간이 네 머리를

희끗희끗하게 만들 무렵이면 네놈은 대체 무엇이 되어 있겠느냐?

아니면 네 교활함이 너무 잽싸게 자라나

170 네놈이 친 덫에 네놈 자신이 걸려 넘어질 것이다.

잘 있어라. 아가씨를 가져라. 하지만 절대 네 발걸음은

향하게 하지 마라. 너와 내가 이후 상종할 곳으로는 말이다.

바이올라 오 공작님, 전 정말—

올리비아 오, 그러시지 마세요!

175 약간의 믿음을 가져보세요. 이미 너무 많이 두려워 하시지만요.

안드류가 등장한다. 머리에서 피를 흘리고 있다.

안드류 제발, 의사를 불러주시오! 어서 당장 토비 경께 한 사람 보내주시오.

올리비아 무슨 일이지요?

안드류 그놈이 제 머리를 부숴 놓았고 토비 경의 머리도 피투성이로 만

180 들어 버렸습니다. 제발, 도와주십시오! 차라리 사십 파운드를 내고 그냥 집에 있었더라면 싶군요.

올리비아 안드류 경, 누가 이런 짓을 했나요?

안드류 공작의 부하인 세자리오라는 놈입니다. 우린 그놈이 겁쟁이인줄 만 알았는데, 그야말로 악마 같은 자식이더라고요.

185 **오르시노** 뭐, 내 부하 세자리오라니?

안드류 아니, 여기 그놈이 있잖아! 네놈이 아무 이유도 없이 내 머리를 부숴 놓았지. 게다가 난 토비 경이 시켜서 한 것뿐인데.

바이올라 왜 제게 이러시는 겁니까? 저는 댁을 해친 적이 없습니다. 댁이 이유도 없이 제게 칼을 뽑았습니다.
하지만 저는 예의바르게 대화로 응했고, 댁에게 해를 가하지도 않았습니다. 190

토비와 페스테가 등장한다.

안드류 피투성이가 된 머리통으로 만든 게 해를 가하는 것이라면, 내게 해를 입힌 것이다. 네놈은 피투성이가 된 머리통을 대수롭지 않게 여기나보구나. 저기 토비 경이 비틀거리며 오시는군. 저분께 좀 더 들게 될 거요. 술에 취해있지만 않았다면, 네놈을 달리 대해줬을 텐데.

오르시노 아니, 이것 보시오! 어떻게 된 일인지? 195

토비 아무 일도 아닙니다. 저놈이 나를 다치게 만든 것뿐이고, 그게 다입니다. 이 주정뱅이야. 딕크 의사 선생 찾아봤느냐, 이 주정뱅이 놈아?

페스테 오, 곤드레가 되어 계시던데요, 토비 나리, 한 시간 전부터요. 그분 눈은 오늘 아침 8시에 저물었답니다.

토비 그렇다면 그 작자는 악당이로군. 느림뱅이 2박자 춤이나 추고 있으니 말이야. 술로 곤드레만드레가 된 자식은 난 딱 질색이거든. 200

올리비아 어서 저분을 데려가세요! 도대체 누가 저분들께 이런 상처를 입혔담?

안드류 토비 경, 내가 도와드리겠소. 우리가 같이 붕대를 감아야 할 것 같으니까요. 205

토비 날 도와주겠다고? 바보 천치에 돌대가리에 불한당에 얼굴 삐쭉한 악당 놈 같으니라고, 멍청아!

올리비아 좀 주무시게 해드리고, 상처를 돌봐드리도록 하여라.

페스테, 패비언, 토비 그리고 안드류가 퇴장한다.

세바스찬이 등장한다.

세바스찬 아가씨, 죄송합니다. 제가 그만 친지 분께 상처를 입혔습니다.
210 하지만 제 혈육인 형제였다 하더라도
제 안전을 위해서는 저로서는 별다른 도리가 없었을 겁니다.
저를 이상하게 보시는군요.
그 일로 화가 나신 모양이군요.
용서해주십시오, 아가씨. 불과 얼마 전에
215 우리가 나눈 맹세를 봐서라도 말입니다.

오르시노 한 얼굴에, 한 목소리에, 동일한 복장인데 사람은 둘이라니!
자연적으로 생겨난 착시현상인가. 그러면서 또 아닌걸 보니!

세바스찬 안토니오! 오 이런, 안토니오 님,
얼마나 시간이 지겹도록 절 괴롭혔는지!
220 당신과 헤어지고 나서부터 줄곧 말입니다.

안토니오 세바스찬 당신이오?

세바스찬 안토니오 님, 그걸 의심하는 겁니까?

안토니오 어찌하여 자신을 둘로 나누었소?
사과를 절반으로 잘라도 이 두 사람보다

더 똑같지는 않을 거요. 어느 쪽이 세바스찬이요? 225

올리비아 정말 놀랍기도 해라!

세바스찬 내가 저기 서 있는 건가? 난 형제는 없는데.

여기 있으면서 다른 데도 있는 그런 신의 능력은

내게는 없는데. 누이는 하나 있지.

내 누이는 잔인한 파도가 집어 삼켜 버렸는데. 230

부디 말해주시오. 나와 어떤 관계가 있는 사람이오?

어느 나라 사람이오? 이름은 무엇이오? 부모는 누구요?

바이올라 메살린 출신입니다. 세바스찬이 제 부친이십니다.

또한 세바스찬이라는 형제도 있었습니다.

댁 같은 복장을 한 채 바다 속 무덤으로 가버렸습니다. 235

만일 유령이 그 모습과 복장을 그대로 한 채 나타날 수 있다면,

우리를 겁주려고 오셨군요.

세바스찬 사실 나는 유령이오.

허나 내가 다른 인간들처럼 자궁에서 태어났던

그 육신을 그대로 걸치고 있는 중이오. 240

당신이 만약 여자라면 — 그 나머지는 문제될 게 없으니 —

그 볼에다 대고 내 눈물을 흘리면서 말할 테요.

'정말 반갑구나, 바다에 빠져 죽었던 바이올라야'라고.

바이올라 제 부친께서는 이마에 점이 있으셨습니다.

세바스찬 내 부친도 그러하셨소. 245

바이올라 그리고 바이올라가 태어난 지

13년 되던 해에 바로 그날 돌아가셨습니다.

세바스찬 오, 그 기록은 내 영혼 속에 생생하오!
부친께서는 정말 내 누이가 13세 되던 그날
250 그분의 운명을 다하셨소.

바이올라 제가 입고 있는 이 사내 복장 외에는
우리 두 사람을 행복하게 해주는 것을 막는 게 없다면,
아직은 저를 포옹하지 마세요.
장소, 시간, 운명에 관한 상황이 모두 일치하고
255 제가 바이올라라는 데 동의하게 될 때까지는 말이에요.
그걸 증명하기 위해, 이 지역의 선장님께로 모셔 갈게요.
그곳에 제 여자 옷이 있어요. 그분의 친절하신 도움 덕분에
전 고귀하신 이 공작님을 모실 수 있었습니다.
그 이후로 제게 일어난 일이란
260 이 아가씨와 이 공작님 사이를 왕래하는 것이었습니다.

세바스찬 [올리비아에게] 그랬군요, 아가씨, 착각하셨군요.
하지만 자연이 이 일을 바로 잡아 주었군요.
처녀와 약혼하실 뻔 하셨는데,
제 목숨을 걸고 말씀드리지만, 그렇다고 속은 것은 아닙니다.
265 처녀이자 사내인 사람과 모두 약혼했으니까요.

오르시노 [올리비아에게] 놀라지 마시오. 그의 혈통은 매우 고귀하니까—
만일 상황이 그렇다면, 자연의 거울이 진실인 듯 보이니,
가장 기쁜 이 일에 나도 한몫 가담해야겠소.
[바이올라에게] 이봐라, 넌 수천 번이나 내게 말했었지.
270 나를 좋아하는 것만큼 그 어떤 여인도 사랑하지 않을 거라고.

바이올라 그 말이라면 수도 없이 되풀이해서 맹세할게요.
밤과 낮을 구분 짓는 태양이
그 불을 가지고 있는 것만큼이나
제 영혼에서 진실 되게 그 모든 맹세들을 지킬게요.

오르시노 손을 내게 다오, 275
그리고 여인의 복장을 한 모습을 보여 다오.

바이올라 저를 해안가로 처음 데려오셨던 선장님께서
제 옷을 가지고 계십니다. 그분은 법 소송에 연루되어
말볼리오의 고소로 인해 현재 수감 중이십니다.
아가씨의 하인이신 분입니다. 280

올리비아 그분을 풀어주실 거예요. 가서 말볼리오를 데려오너라.
이런, 이제야 기억나네요.
사람들 말로는 그 불쌍한 사람이 상당히 실성했다고 합니다.

편지를 든 페스테와 패비언이 등장한다.

제 신상의 일로 너무 정신을 빼앗긴 나머지
그 사람 일을 까마득히 잊어버리고 있었네요. 285
이봐라, 집사는 어떠냐?

페스테 아가씨, 그런 처지에 처한 사람들이 하는 식으로 멀찌감치서 그 마왕을 붙잡고 있더군요. 그 양반이 아가씨께 편지를 써주었습니다 — 오늘 아침에 전해 드렸어야 했는데, 하지만 미치광이의 서신이 복음은 아닌지라, 전달해도 별 상관이 없을 것 같아서 말이 290 지요.

올리비아 개봉해서 읽어 보거라.

페스테 그렇다면 잘 들을 준비를 하십시오, 바보광대가 미치광이 이야기를 전하니 — [미치광이처럼 읽는다.] *세상에, 아가씨* —

295 **올리비아** 아니, 미쳤느냐?

페스테 아뇨, 아가씨, 그저 미친 걸 읽고 있습죠. 그리고 아가씨도 그런 식으로 들으셔야 합니다요. 그러니 이런 목소리를 양해해주시죠.

올리비아 제발, 제 정신으로 온전하게 읽어다오.

페스테 아가씨, 그러고 있는 중이예요. 하지만 그 양반의 제정신으로 읽는

300 것이니 이런 식으로 읽을 수밖에요. 그러니, 준비하시고 잘 들어보세요.

올리비아 [패비언에게] 이것 봐, 자네가 좀 읽어 보게나.

패비언 [읽는다.] '*세상에, 아가씨, 제게 이렇게 부당하게 대하시다니요. 그러면 사람들이 모두 알게 될 겁니다. 저를 어둠 속에 가둬버리고 술에 취한 숙부님께서 저를 지키게끔 하셨지만, 저는 아가씨만큼이나 온*

305 *전한 정신을 지니고 있습니다. 저로 하여금 그런 복장을 하도록 시키셨던 아가씨 편지를 가지고 있습니다. 그것으로 제 입장은 상당히 정당하게 되고 아가씨께는 상당한 수치를 안겨주게 되리라 의심치 않습니다. 저에 대해서 마음대로 생각하셔도 좋습니다. 전 제 본분을 잠깐 생각지 않고 제가 당한 수치에서 이렇게 말씀드립니다.*

310 *미치광이로 취급받는 말볼리오 올림.*'

올리비아 집사가 이 글을 썼느냐?

페스테 네, 아가씨.

오르시노 이건 그다지 실성한 소리 같지는 않군요.

올리비아 패비언, 집사를 풀어주고 이리 데려오너라.

패비언이 퇴장한다.

공작님, 부디, 이 일들을 좀 더 생각해보시고 315
저를 아내가 아니라 누이로 여겨주셔서,
어느 하루 날을 잡아, 이곳 저희 집에서 함께 결혼을 축하하도록
해요.
비용은 제가 책임지겠습니다.

오르시노 아가씨, 그 제안을 기꺼이 수락하겠소이다.
[바이올라에게] 이제 내 시종이 아니오. 여자임에도 불구하고 320
그리고 그토록 점잖고 고이 자란 몸으로
나를 모셔준 데 대한 그 보답으로,
또 그토록 오랫동안 나를 주인으로 불렀으니,
자 손을 잡으시오. 이제부터 그대는
그대 주인의 안주인이니. 325

올리비아 시누이! 이제 시누이군요!

패비언이 말볼리오와 함께 등장한다.

오르시노 이자가 그 미치광이인가?

올리비아 네, 공작님, 그러하옵니다. —
말볼리오, 좀 어떤가?

말볼리오 아가씨, 절 부당하게 다루셨습니다. 330
끔찍이도 잘못하셨어요.

올리비아 말볼리오, 내가? 아니네!

말볼리오 그렇습니다. 아가씨는 그러셨어요. 부디, 그 편지를 잘 보세요.
아가씨가 쓰신 것이니 부인하시지 못하실 겁니다.
335 할 수 있으시다면, 필체나 어투나 한번 써보시고 말씀해보시지요.
아가씨의 봉인이 아니라고, 본인이 쓰신 것이 아니라고 해보세요.
아가씬 아무 말도 못하실 겁니다. 자, 그러니 인정하십시오.
그리고 제게 점잖게 이야기해보세요.
왜 제게 그토록 분명한 표적을 주시고,
340 저더러 미소를 머금고 십자 모양으로 대님을 한 채
아가씨 앞에 나타나게 시키셨는지 그리고 노란 스타킹을 신게 하고,
또 토비 나리와 아랫사람들에게는 인상을 쓰라고 하셨는지요?
이 분부를 고분고분 받들어 그대로 행동했건만,
왜 저를 가두고 고통스럽게 만드셨는지요?
345 캄캄한 방에다 가두고, 신부님이 방문하게 만들고
저를 골탕 먹이고 그토록 지독한 바보와 멍청이로 만들었나요?
말씀해 보십시오. 왜지요?

올리비아 이런, 말볼리오, 이건 내가 쓴 게 아니라네.
내 필체와 굉장히 비슷하다는 걸 인정하긴 하지만 말이네.
350 하지만 의심할 바 없이, 이건 마리아의 필체야.
이제야 기억이 나는데, 마리아였어.
제일 먼저 자네가 실성했다고 내게 말해준 사람도.
그런 다음 자네가 미소 짓고 나타났고, 그리고 여기 편지에서
하라고 적혀 있는 그 모습 그대로 왔더라고. 제발, 진정하게.
355 이 장난이 정말 빈틈없이 치밀하게 자네한테 행해졌구나.

하지만 누가 그 장난을 꾸며낸 사람들인지 알게 되었으니
자네가 고소인 겸 판사가 되도록 하게나.
자네 사건에 대해 말이야.

패비언 아가씨, 제 말 좀 들어보세요.
제가 감격해하고 있는 지금 이 순간을 360
언쟁이나 싸움으로 더럽히지 않게 하십시오.
그런 일이 없기를 바라는 마음에서,
모든 걸 고백하겠습니다. 저와 토비 나리께서
여기 있는 말볼리오에 대해 이런 장난을 꾸몄습니다.
우리가 보기에 너무 완고하고 무례하기에 그랬지요. 365
마리아가 편지를 썼는데,
이는 토비 나리께서 부추기셨기 때문입니다.
그 보답으로 나리께서는 마리아와 결혼하셨지요.
이후 어떤 골탕을 먹였는지는
복수보다는 오히려 웃음을 자아낼 겁니다. 370
만약 피해를 공정하게 그 무게를 저울질해 본다면
양쪽이 모두 동일할 것입니다.

올리비아 이런, 가엾은 바보 같으니, 저 사람들이 자네에게 창피를 주었구나!

페스테 뭐, '어떤 이들은 높은 신분으로 태어나고, 어떤 이들은 높은 신분을 얻어내고, 또 어떤 이들은 높은 신분이 본인에게 굴러 떨어지게 하니까요'. 집사님, 저도 이 막간극에 하나였습지요. 토파스 신부로 말이에요—하지만 전부 한 명이었지요. '맹세하는데, 바보광대야, 난 안 미쳤어'. 하지만 기억하시는지요. '아가씨께서 웃으면서 기회를 375

주지 않으시면, 저놈은 재갈이 물려있습지요'라 했던 말을. 이렇게
380 해서 수레바퀴가 한 바퀴 돌아 저 사람에게 복수를 가져왔지요.

말볼리오 내 너희 모두에게 복수할 테다! [퇴장]

올리비아 정말 엄청나게 골탕을 먹었군요.

오르시노 뒤따라가서 진정하게끔 달래보도록 하여라.
저자가 아직 선장에 대해서는 우리에게 이야기해주지 않았다.

패비언이 퇴장한다.

385 그 일에 대해 알게 되고 좋은 시간이 정해지면,
우리들의 엄숙한 결혼식이 행해질 거요.
그때까지는, 아가씨,
이곳을 떠나지 않겠소. 세자리오, 자—
남자인 동안에는, 그렇게 부르겠소.
390 하지만 다른 복장으로 나타나면,
오르시노의 안주인이자 그의 사랑의 여왕이라오.

페스테만 제외하고 모두 퇴장한다.

페스테 [노래한다.]

내가 아주 어렸을 때, 아주 어렸을 땐,
헤이, 호, 바람과 비,
바보 같은 짓도 그저 놀이였다네,
395 *비는 매일 내린다네.*
하지만 내가 어른이 되었을 땐,

헤이, 호, 바람과 비,
깡패짓과 도둑질에 사람들이 문을 닫아버렸다네,
비는 매일 내린다네.

하지만 내가 결혼하게 되었을 땐, 400
헤이, 호, 바람과 비,
말싸움으로는 난 결코 잘될 수 없었다네,
비는 매일 내린다네.

하지만 내가 잠자리에 들 땐,
헤이, 호, 바람과 비, 405
다른 주정뱅이들처럼 술이 깨지 않았다네.
비는 매일 내린다네.

아주 옛날 옛적에 세상이 시작되었다네.
헤이, 호, 바람과 비,
하지만 그건 상관없다네. 우리 연극은 끝이 났네. 410
그리고 매일 여러분을 즐겁게 해드리고자 애쓸 거라네.

[퇴장]

작품설명*

1. 저작 연대와 텍스트

『십이야』는 1599년과 1602년 사이에 창작된 것으로 알려져 있다. 창작 연도와 관련하여, 작품에서 말볼리오의 얼굴을 '인도제도를 덧붙여 새로 만들어놓은 새 지도보다도 더 주름살투성이'(3막 2장 69-70행)라고 묘사한 부분을 근거로 하여, 새 지도가 1599년에 첫 출판되었기에 그 이후로 추정한다. 또한 등장인물인 오르시노 공작의 이름으로 미루어, 돈 퍼지노 오르시노라는 브라치아노의 공작이 1600-1년 겨울에 엘리자베스 여왕의 궁을 방문했었기에 이 무렵으로 추정하기도 한다. 일반적으로 1601년을 『십이야』의 창작 연도로 본다. 그리고 1602년 2월 2일에 미들

* 이 작품에 대한 설명은 주로 Bate, Jonathan and Eric Rasmussen, eds. *The RSC Shakespeare: Twelfth Night.* New York: Modern Library, 2010.와 Lothian, J.M and T.W. Craik, eds. *Arden Shakespeare: Twelfth Night*. London: Routledge, 1991. 그리고 Gill, Roma, ed. *Oxford School Shakespeare: Twelfth Night.* Oxford: Oxford UP, 2001.를 참고하여 작성되었음을 밝혀둔다.

255

Tvvelfe Night, Or what you will.

Actus Primus. Scæna Prima.

Scena Secunda.

템플(Middle Temple)에서 최초로 공연된 것으로 기록되어 있다. 『십이야』는 1623년 제1 이절판(First Folio)에 포함될 때까지는 출판되지 않았다. 인쇄 과정에서 식자공들의 실수가 흔히 나타나는 셰익스피어의 다른 텍스트들과는 달리, 『십이야』의 경우 텍스트상의 문제나 오류들이 나타나지 않았다.

작품 제목인 '십이야'는 기독교의 축제인 예수 공현 축일이다. 이 축제는 크리스마스로부터 12일 이후인 1월 6일에 행해졌으며, 그리스도의 탄생을 축하하러 베들레헴의 마구간을 방문한 동방 박사의 방문을 기념하기 위한 것이다. 본 작품도 십이야 축제의 여흥을 위한 목적으로 창작되었다는 견해가 지배적이다.

『십이야』의 소재는 바나베 리치(Barnabe Riche)의 『리치가 군인이라는 직업에 작별을 고하다』(*Riche his Farewell to Militarie Profession,* 1581)에 나오는 '아폴로니우스와 실라의 이야기'이다. 이것은 1531년에 공연되었고 1537년에 베니스에서 출판되었던, 익명으로 된 이태리의 극 『속아 넘어간 자들』(*Gl'Ingannati*)이 원전이 된 이야기이다. 중심 줄거리는 실라가 사이프러스에 있는 부친의 집에서 만난 아폴로니우스 공작을 사랑하게 된 이야기가 골자이다. 군인이었던 아폴로니우스 공작이 콘스탄티노플에 있는 본인의 집으로 돌아가자, 실라는 그를 뒤쫓아 가는데, 실라가 탄 배가 폭풍우 속에서 난파당한다. 가까스로 목숨을 구한 실라는 남자로 변장하고 오빠의 이름을 따서 '실비오'라고 본인을 소개하면서 아폴로니우스 공작의 시종이 되어 공작을 모시게 된다. 공작은 줄리나라는 과부에게 사랑의 메시지를 들고 시종을 보냈으나 줄리나는 공작의 청혼을 거절해 왔다. 실비오로 변장한 실라를 공작은 줄리나에게 보내 자신의 사랑을 허락받고자 하는데, 줄리나는 공작 대신 실비오를 사랑하게 된다. 하지만 어느 날, 진짜 실비오가 누이동생 실라를 찾으러 콘스탄티노플에 도착한다. 줄리나는 진짜 실비오를 실라가 변장한 공작의 시종 '실비오'로 착각하고 집으로 초대한다. 두 사람은 사랑을 나누고 줄리나는 결국 임신하게 된다. 하지만 그 다음날 실비오는 콘스탄티노플을 떠난다. 아폴로니우스 공작이 줄리나에게 결혼을 제안하지만 줄리나는 '이제 충실한 맹세와 약속에 의해 그분의 아내'가 되었다며 공작의 청혼을 거절한다. 줄리나의 임신 사실이 분명하게 되었을 때, 줄리나는 실비오를 아이의 아버지라고 거명한다. 아폴로니우스는 자신의 시종인 실비오로 변장한 실라를 죽이겠다고 위협하게 된다. 실라는 자신이 어떻게 아폴로니우스에 대한 사랑 때문에 부친의 집을 떠나서 바다를 건너왔는지 자초지종을 들려주고, 줄리나에게 자신의 정체를 밝힌다. 이 이야기를 듣고 공작은 실라와 결혼한다. 그리고 실라의 오빠 실비오가 콘스탄티노플로 돌아와 줄리나와 결혼한다.

『십이야』는 이 원전의 기본 줄거리를 거의 그대로 가져와, 콘스탄티노플 대신 일리리아를 작품의 배경으로 설정하여 쌍둥이 남매의 재회와 사랑의 이야기를 담았다.

2. 작품 줄거리

바이올라가 난파되었다가 선장의 도움으로 구출되어 일리리아의 해안가에 도착한다. 바이올라는 쌍둥이 오빠인 세바스찬이 죽었다고 여기고, 오빠인 세바스찬으로 가장하여 세자리오라는 이름으로 남장한 채 오르시노 공작을 섬기는 시종이 된다. 오르시노 공작은 올리비아에 대한 사랑에 빠져 있는데, 부친을 여읜 올리비아는 최근 죽은 오빠의 죽음을 애도하고 있는 중이다. 오르시노 공작은 본인의 사랑의 사절로 세자리오로 변장한 바이올라를 보낸다. 공작의 사랑을 계속 거절하던 올리비아는 세자리오/바이올라를 남자라고 알고 있는 상태에서 그/그녀에 대한 사랑에 빠진다. 한편 세자리오/바이올라는 본인이 섬기는 공작을 사랑하고 있는 상태이다.

한편, 하위 플롯에서는 올리비아의 숙부인 토비 벨치 경, 올리비아에게 구혼하기 위해 온 안드류 에이규칙 경, 올리비아의 시녀인 마리아와 시종 패비언, 그리고 광대가 등장한다. 토비 경과 안드류 경이 밤늦게까지 술을 퍼마시며 집안을 소란스럽게 만들고, 두 사람의 술판에 광대까지 합세하여 노래 부르며 소동을 피우자, 올리비아의 집사인 말볼리오가 이들을 통제하려 든다. 말볼리오에게 불만인 이들은 마리아의 책략으로 말볼리오를 골탕 먹일 계략을 짠다. 마리아는 올리비아의 필체를 흉내

내어 편지를 써서, 올리비아가 말볼리오를 사랑하며 마음에 두고 있는 것처럼 착각하게 만든다.

이 편지는 말볼리오에게 십자 대님에 노란 스타킹을 신으라고 하고 하인들에게 거만하게 굴고 올리비아 앞에서 끊임없이 미소 지으라고 지시한다. 말볼리오는 올리비아와 결혼하여 계급 상승을 이루는 공상에 젖어 편지에 적힌 지시대로 실행에 옮긴다. 올리비아는 말볼리오의 모습에 놀라고, 마리아는 말볼리오가 귀신들려 실성한 것으로 몰아가 결국 말볼리오는 어두운 방에 감금된다. 광대가 신부로 위장하여 말볼리오를 찾아가 놀리고, 말볼리오를 골탕 먹인다.

한편 안토니오에 의해 구출된 세바스찬은 죽지 않고 생존해 있으며 일리리아에 오게 된다. 세바스찬을 세자리오로 착각한 올리비아는 그에게 결혼해달라고 하고 두 사람은 교회에서 비밀리에 결혼식을 올린다. 세자리오와 세바스찬을 오인하여 안드류와의 결투가 벌어지고 이로 인한 소동이 벌어진다. 세바스찬과 세자리오/바이올라가 동시에 모든 인물들 앞에서 모습을 보이고 있을 때, 두 사람은 서로가 생존해 있다는 사실에 기뻐하고 본인들의 정체를 밝힌다. 바이올라는 본인이 여성임을 밝히고 공작과 결혼하기로 하고, 올리비아는 세바스찬과 맺어진다. 토비 또한 마리아와 결혼한다. 결혼으로 사랑이 결실을 맺는 이런 행복한 여러 쌍들 앞에 말볼리오의 존재가 기억된다. 올리비아는 말볼리오를 데리고 오라고 지시한다. 이후 등장한 말볼리오는 모두에게 복수하겠다고 맹세하며 나가고, 오르시노는 그를 달래라며 패비언을 보낸다. 작품은 비가 내리는 현실을 노래하는 바보광대 페스테의 노래로 끝난다.

3. 작품 해설

『십이야』는 『좋으실 대로』와 『한여름 밤의 꿈』, 『말괄량이 길들이기』, 『헛소동』, 『베니스의 상인』과 더불어 많이 공연되고 대중적으로 잘 알려진 셰익스피어의 대표 희극이다. 셰익스피어의 희극에서는 일상의 지배적인 법과 규칙에서 일탈이 허용되는 축제 정신과 사랑하는 연인들의 사랑과 결혼, 그리고 욕망과 그 소망 성취의 세계가 그려진다. 『십이야』에서도 소극적 요소와 더불어 말장난의 묘미와 바보광대의 등장으로 희극적 요소가 더욱 부각된다. 술과 더불어 한바탕 시끌벅적하게 놀아보는 축제 정신이 발휘되는 가운데 바보광대의 말장난과 노래가 가미되며 희극의 세계로 관객들은 초대된다.

『십이야』는 셰익스피어의 희극들 가운데에는 후기 희극으로 분류되며 비극의 시기와 맞물려 있다. 초기 희극이 좀 더 사랑의 문제를 중심으로 꿈과 환상의 요소와 더불어 밝게 진행된다면, 후기 희극의 경우는 기본적으로 희극의 세계에 심각하고 어두운 분위기가 포함되어 있다. 이들 희극은 '어두운 희극'이라 불리는 가운데, 결말은 주인공과 대부분의 인물들의 사랑이 이루어지고 행복한 결말로 끝이 나지만 말볼리오나 샤록과 같이 그 결말에서 제외되는 인물도 남겨두면서 마무리되는 경향이 있다. 『십이야』에서는 공작과 바이올라가, 올리비아와 세바스찬이 사랑의 결합을 이루고, 토비와 마리아도 결혼하는 것으로 연인들이 맺어지지만, 다른 한쪽에는 홀로 남는 이들이 나란히 존재한다. 세바스찬을 아끼며 형제이자 연인의 역할을 마다 않던 안토니오나, 올리비아에게 구혼하러 왔던 안드류 경은 홀로 남게 되고, 말볼리오 역시 홀로 놀림감이 된 가운데 복수를 다짐한다. 바보광대 페스테 역시 행복하게 재회하는 무리에서 떨어져 나와 홀로 노래를 부르며 극은 마무리된다.

'사랑이란 무엇인가' 그리고 '사랑의 결실은 무엇인가'라는 문제가 셰익스피어의 희극의 세계의 큰 화두이다. 그리고 대개의 희극 작품에서 사랑에 빠진 인물들과 그들의 사랑이 결혼으로 결실을 맺음으로써 행복한 결말로 끝나는 것이 줄거리의 기본 패턴을 이루고 있다. 『십이야』도 예외가 아니다. 이 작품에는 사랑과 광기가 맞닿아 있는 것임을 보여주는 여러 연인들의 모습을 통해 다양한 형태의 사랑이 나타나고 있다. 올리비아를 향한 공작의 사랑, 바이올라에 대한 올리비아의 사랑, 공작에 대한 바이올라의 사랑, 말볼리오의 사랑, 마리아와 토비간의 사랑 등이 그것이다. 그 가운데, 오르시노 공작의 사랑은 줄리엣을 만나기 전의 로미오의 로잘라인에 대한 사랑처럼, 이루어지지 못한 사랑으로 인해 멜랑코리한 상태에서 진정한 사랑보다는 사랑에 빠진 상태 자체를 즐기는 병든 사랑의 양태를 띤다. 반면, 공작에 대한 바이올라의 사랑은 본인이 지닌 제약에도 불구하고 구체적인 대상에 대한 사랑을 품는 진실한 사랑으로 평가된다. 올리비아에게 공작의 진심을 전달하고 하소연하는 과정에서 세자리오/바이올라에게서 엿보이는 사랑에 대한 진정한 태도가 아이러닉하게도 올리비아가 사랑에 눈뜨게 해준다. 하지만 올리비아의 사랑은 바이올라가 여성이라는 사실을 모른 채, 남장한 그 외관에 좌우되는 눈으로 하는 사랑이다. 본인의 사랑의 대상인 실체가 바이올라가 아니라 세바스찬으로 바뀌었을 때도 그 사랑은 허물어지지 않고 그대로 존립될 수 있는 사랑이다. 한편 말볼리오의 사랑은 계급 상승에 대한 욕구와 함께 자신에 대한 사랑, 즉 '자기애'의 범주로 분류된다. 자신의 가치에 대한 지나친 자신감과 더불어 본인이 보고자 하는 대로 현실을 보는 망상으로 치닫게 만드는 잘못된 사랑이다. 그리고 그는 작품에서 공동의 적으로 조롱의 대상이 되고, 축제를 위한 희생양으로 기능한다. 또한 안토니오가 세바스찬에 대해 느끼는 사랑은 한 인간에 대한 애정보다는 동성에 대한 사랑으로 해석되기도 한다. 나아가 때로는 바보광대인 페스테 역시 마리아에 대한 사랑을 품고 있으며, 그의 사랑 역시 이루어지지 않는 사랑으로 남기에 그의 노래가 우울하다고 해석되기도 한다. 그리고 공작과 올리비아와 바이올라 간의 사랑의 삼각관계와 마리아에 대한 토비와 페스테의 삼각관계를 대칭물로 내놓기도 한다. 이와 같이 작품의 배경이 되는 일리리아라는 공간에는 등장하는 거의 모든 인물들이 사랑과 연정과 결혼 문제로 엮이는 가운데 사랑이 지닌 광기와 맞닿아 있는 측면들을 보여주며, 일리리아를 현실에서는 존재하지 않는 'nowhere'로 자리매김하고 희극적 공간으로 만들어 준다.

『십이야』는 또한 정체성의 문제에 대한 고민을 제기해준다. 특히 겉으로 드러나는 모습이 그 사람의 실체가 아니며 보이는 대로가 아님을 변장이라는 장치를 통해 더욱 가시적이고 직접적으로 제시해준다. 세자리오로 남장한 자신을 남자로 바라보고 있는 올리비아에게 여자인 바이올라가 하는 대사 '전 지금 보이는 모습대로의 제가 아니니까요.'는 바로 외관과 실체의 상이함과, 그 사람의 정체성에 대한 문제를 바로 지적해주는 것이다. 특히 세자리오로 변장한 바이올라는 쌍둥이 오누이를 통해 모습은 유사하지만 젠더까지 다른 경우를 보여줌으로써, 외관과 실체의 차이의 문제를 극대화 시켜준다.

사실, 여성 인물의 남장이라는 장치는 셰익스피어의 희극에서는 종종 등장한다. 『베니스의 상인』의 포샤의 경우가 가장 유명한 한 예이다. 포샤가 베니스의 법정에서 안토니오의 살덩이를 내놓으라는 샤록의 법의 문자에 입각한 원칙을 이용하여 오히려 상황을 역전시키고 안토니오를 구해내듯이, 여주인공의 남장은 여성에게 남성의 역할을 맡을 수 있는 기회를 줌으로써 궁극적으로 문제 해결을 가능하게 해주는 장치가 되고 있다. 또한 여성 인물의 남장은 여성의 수동성을 극복하고 적극적인 행동을 할 수 있는 장치가 되며, 당시의 현실에서는 허용되지 않던 여러 역할들을 여성들이 무대에서 펼쳐 보이는 가운데 여성들이 지닌 많은 능력들이 발휘될 수 있는 기회가 된다.* 그리고 문제 해결을 한 다음에는 포샤가 벨몬트의 안주인으로 다시 복귀하듯, 바이올라는 쌍둥이 오빠 세바스찬의 등장으로 여성이라는 원래의 정체성으로 복귀한다. 그리하여 여성인 올리비아가 품는 여성인 바이올라에 대한 사랑이나 혹은 남장한 세자리오가 품는 남성인 공작에 대한 사랑이 초래할 수 있는 남녀 관계에 있어 통상적인 사랑의 질서의 혼돈을 피하고 바이올라는 공작과의 사랑을 이룬다. 이와 같이 셰익스피어의 희극은 여성 인물이 다시 본래의 자신의 자리로 되돌아옴으로써 남장이 가질 수 있는 전복의 위험성을 줄이고 기존의 질서의 틀을 유지하는 것으로 마무리 짓는다.

한편 『십이야』를 후기 희극의 범주에 포함되게 하고, 어두운 분위기

---

* 당시 남성이 여성 인물의 역할을 맡은 점을 고려해볼 때, 배우는 원래 자신의 성인 남성으로 복귀한 것이다.

를 주도하며, 비평적 관심의 대상이자 무대에서도 가장 주목을 끄는 두 인물이 바로 광대 페스테와 말볼리오이다. 먼저, 『십이야』의 광대는 셰익스피어의 작품 전체에서 『리어왕』의 바보광대와 더불어 가장 유명한 바보광대이다. 페스테라는 이름까지 가진 광대는 작품의 화두인 '사랑이란 무엇인가'라는 노래를 부르며 소동의 한가운데 있을 뿐 아니라, 인생의 어두운 면을 담은 노래도 부르며 작품의 분위기를 차분하게 가라앉혀 주기도 하면서 작품의 전반적인 분위기들을 주도한다. 특히 페스테가 부르는 인생의 시간과 변화에 대한 노래는 이 작품 이후에 이어지게 될 셰익스피어의 비극에서 나오는 주제와 맞닿아 있다. 작품의 마지막에 부르는 페스테의 노래는 비오는 날에 대한 언급을 부각시키며 극을 마무리 짓는다. 셰익스피어의 다른 희극들과는 달리, 『십이야』는 페스테의 마지막 노래를 통해, 일상은 언제나 행복한 즐거움만으로 이루어진 것이 아니며 우리의 삶은 따뜻한 햇빛이 비치는 날만이 아니라 비오는 날이라는 어려움과 궂은일들이 함께 존재하는 것임을 주지시켜준다. 나아가 페스테는 연극이 끝나고 축제도 끝나게 되었을 때 관객과 자신이 겪어 내야 할 고난과 어려운 현실에도 불구하고 관객들을 즐겁게 해주고자 노력하는 셰익스피어를 구현해 주는 인물로 해석되기도 한다.

작품 결말부에서 모두에 대한 복수를 외치며 퇴장한 말볼리오 역시 작품을 암울하게 만들며 작품의 희극의 세계를 위협하는 존재이다. 등장인물들 모두로부터 동떨어져 나와 있고, 청교도적인 면모가 지적되며 비판받는 말볼리오는 당시 부상하는 '개인'과 계급적 상승 욕구를 대변해 주는 인물이다. 이런 인물이 희극의 세계에서는 조롱의 대상이자 축출의 대상으로 소외되는 대표적인 아웃사이더적 존재로 다루어지고 있다. 공연 무대에서는 언제나 말볼리오가 그를 놀려먹는 계략인 편지 내용에 넘어가는 장면이 관객들의 관심의 대상이자 가장 큰 웃음을 유발시키는 장면이기도 하다. 다른 사람들의 행동을 통제하며, 자신의 원칙을 고집하고, 타인에게도 적용시키기를 주장하는 융통성 없는 인물이자 쾌락과 즐거움과는 담을 쌓고 지내는 인물인 그가 자신이 모시는 아가씨와의 결혼을 통해 신분 상승을 이루고자 하는 욕심으로 인해 한순간에 무너지는 모습을 보면서 등장인물들만이 아니라 관객들은 통쾌해한다. 사실 말볼리오는 비극의 주인공감이다. 한 개인의 욕망은 객관적인 외부 현실을 있는 그대로 직시하지 못하게 하고, 그 욕망은 언제나 본인이 원하는 대로 현실을 해석하도록 왜곡시킨다. 자신의 욕망을 실현시키고자 행동을 취하고 실행시키는 과정에서 어김없이 비극을 맞게 되는 것은, 맥베스가 그러했듯 위대한 비극의 주인공들이 맞아야 했던 운명이기도 했다. 『십이야』라는 희극에서는 바로 말볼리오가 그러한 비극의 주인공이다. 그리고 그의 비극은 끝나지 않고 다음 기회를 약속한 가운데 극이 마무리 되었다. 어떤 면에서는 『십이야』는 이처럼 조그마한 비극을 그 속에 품고 있는 희극이다. 그리고 비극으로 갈 수 있는 가능성을 희극적 결말로 급 마무리 지은 작품으로 보이기도 한다.

익히 알려져 있듯이, 셰익스피어 자신이 햄넷(Hamnet)과 주디스(Judith)라는 쌍둥이 오누이를 둔 아버지였다. 『십이야』의 쌍둥이 오누이는 재회하며, 자신들이 사랑하는 사람과 결혼으로 마무리되지만, 현실 속의 셰익스피어의 쌍둥이 오누이는 이들의 운명과는 달랐다. 바다에서 익사하지 않고 살아서 바이올라를 만난 세바스찬과는 달리, 셰익스피어의 쌍둥이 아들인 햄넷은 죽었고, 주디스와는 결코 다시 만날 수 없는 것이 현실이었다. 흔히 햄넷의 죽음은 셰익스피어에게 많은 슬픔과 상심을 안겨주어 그로 하여금 밝은 희극 작품을 창작하는 것을 접고, 인생의 슬픔과 아픔을 다루는 비극의 세계로 넘어가게 만든 중요한 계기가 된 사건으로 이야기된다. 아들 이름과 유사한 『햄릿』이 나오게 되는 시기와, 본인의 이상에 근거하여 사랑했지만 더 큰 공의를 위해 시저를 죽이게 되는 브루터스의 비극을 담은 『줄리어스 시저』가 나온 1599년 이후의 시점의 셰익스피어의 작품이기에, 『십이야』는 비극적 어조들과 어두운 분위기를 담고 있는 특이하게 매력적인 희극 작품으로 남게 되었다.

셰익스피어 생애 및 작품 연보

셰익스피어의 생애와 작품의 집필연대 중 일부는 비교적 정확히 기록되어 있는 자료에 의존할 수 있지만, 대부분은 막연한 자료와 기록의 부족으로 그 시기를 추정할 수밖에 없으며, 특히 작품 연보의 경우 학자들에 따라 순서나 시기에 차이가 있음을 밝힌다.

1564	잉글랜드 중부 소읍 스트랫포드 어폰 에이번Stratford-upon-Avon 출생(4월 23일). 가죽 가공과 장갑 제조업 등 상공업에 종사하면서 마을 유지가 되어 1568년에는 읍장에 해당하는 직high bailiff을 지낸 경력이 있는 존 셰익스피어와, 인근 마을의 부농 출신으로 어느 정도 재산을 상속받은 메리 아든Mary Arden 사이에서 셋째로 출생. 유복한 가정의 아들로 유년시절을 보냄.
1571	마을의 문법학교Grammar School에 입학했을 것으로 추정.
1578	문법학교를 졸업했을 것으로 추정. 졸업 무렵 부친 존은 세금도 내지 못하고 집을 담보로 40파운드 빚을 냄.
1579	부친 존이 아내가 상속받은 소유지와 집을 팔 정도로 가세가 갑자기 어려워짐.
1582	18세에 부농 집안의 딸로 8년 연상인 26세의 앤 해서웨이Anne Hathaway와 결혼(11월 27일 결혼 허가 기록).
1583	결혼 후 6개월 만에 맏딸 수잔나Susanna 탄생(5월 26일 세례 기록).
1585	아들 햄넷Hamnet과 딸 쥬디스Judith(이란성 쌍둥이) 탄생(2월 2일 세례 기록).

1585～1592 '행방불명 기간'lost years으로 알려진 8년간의 행방에 관한 자료가 거의 없음. 학교 선생, 변호사, 군인 혹은 선원이 되었을 것으로 다양하게 추측. 대체로 쌍둥이 출생 이후 어떤 시점(1587년)에 식구들을 두고 런던으로 상경하여 극단에 참여, 지방과 런던에서 배우이자 극작가로서 경험을 쌓았을 것으로 추측.

1590～1594 1기(습작기): 주로 사극과 희극 집필.

1590～1591 초기 희극 『베로나의 두 신사』(*The Two Gentlemen of Verona*) 『말괄량이 길들이기』(*The Taming of the Shrew*)

1591 『헨리 6세 2부』(*Henry VI*, Part II)(공저 가능성)
『헨리 6세 3부』(*Henry VI*, Part III)(공저 가능성)

1592 『헨리 6세 1부』(*Henry VI*, Part I)(토머스 내쉬Thomas Nashe와 공저 추정)
『타이터스 앤드러니커스』(*Titus Andronicus*)(조지 필George Peele과 공동 집필/개작 추정)

1592～1593 『리처드 3세』(*Richard III*)

1592～1594 봄까지 흑사병 때문에 런던의 극장들이 폐쇄됨.

1593 「비너스와 아도니스」(*Venus and Adonis*)(시집)

1594 「루크리스의 강간」(*The Rape of Lucrece*)(시집)
두 시집 모두 자신이 직접 인쇄 작업을 담당했던 것으로 추정되며, 사우샘프턴 백작The third Earl of Southampton에게 헌사하는 형식.
챔벌린 극단Lord Chamberlain's Men의 배우 및 극작가, 주주로 활동.

1593～1603 및 이후 『소네트』(*Sonnets*)

1594	『실수 연발』(*The Comedy of Errors*)
1594~1595	『사랑의 헛수고』(*Love's Labour's Lost*)
1595~1600	2기(성장기): 낭만희극, 희극, 사극, 로마극 등 다양한 장르 집필.
1595~1596	『로미오와 줄리엣』(*Romeo and Juliet*)
	『리처드 2세』(*Richard II*)
	『한여름 밤의 꿈』(*A Midsummer Night's Dream*)
	『존 왕』(*King John*)
1596	아들 햄넷 사망(11세, 8월 11일 매장).
	부친의 가족 문장 사용 신청을 주도하여 허락됨(10월 20일).
1596~1597	『베니스의 상인』(*The Merchant of Venice*)
	『헨리 4세 1부』(*Henry IV, Part I*)
	스트랫포드에 뉴 플레이스 저택Great House of New Place 구입(마을에서 두 번째로 큰 저택으로 런던 생활 후 은퇴해서 죽을 때까지 그곳에 기거).
1598	벤 존슨Ben Jonson의 희곡 무대에 출연.
1598~1599	『헨리 4세 2부』(*Henry IV*, Part II)
	『헛소동』(*Much Ado About Nothing*)
	『헨리 5세』(*Henry V*)
1599	시어터 극장The Theatre에서 공연하던 셰익스피어의 극단이 땅 주인의 임대계약 연장을 거부하자 '극장'을 분해하여 템즈강 남쪽 뱅크사이드 구역으로 옮겨 글로브 극장The Globe을 짓고 이곳에서 공연. 지분을 투자하여 극장 공동 경영자가 됨.
1599~1600	『줄리어스 시저』(*Julius Caesar*)
	『좋으실 대로』(*As You Like It*)

1601～1608	3기(원숙기): 주로 4대 비극작품이 집필, 공연된 인생의 절정기
1600～1601	『햄릿』(*Hamlet*)
	『윈저의 즐거운 아낙네들』(*The Merry Wives of Windsor*)
	『십이야』(*Twelfth Night*)
1601	「불사조와 거북」(*The Phoenix and the Turtle*)(시집)
	아버지 존 사망(9월 8일 장례).
1601～1602	『트로일러스와 크레시다』(*Troilus and Cressida*)
1603	엘리자베스 여왕 사망(3월 24일). 추밀원이 스코틀랜드의 제임스 6세를 잉글랜드의 제임스 1세로 선포.
	제임스 1세 런던 도착(5월 7일) 후 셰익스피어 극단 명칭이 챔벌린 경의 극단에서 국왕의 후원을 받는 국왕 극단King's Men으로 격상되는 영예(5월 19일).
	제임스 1세 즉위(7월 25일).
1603～1604	『자에는 자로』(*Measure for Measure*)
	『오셀로』(*Othello*)
1605	『끝이 좋으면 모두 좋다』(*All's Well That Ends Well*)
	『아테네의 타이몬』(*Timon of Athens*)(토머스 미들턴Thomas Middleton과 공동작업)
1605～1606	『리어 왕』(*King Lear*)
1606	『맥베스』(*Macbeth*)
	『안토니와 클레오파트라』(*Antony and Cleopatra*)
1607	딸 수잔나, 성공적인 내과의사인 존 홀John Hall과 결혼(6월 5일).
1607～1608	『페리클레스』(*Pericles*)(조지 윌킨스George Wilkins와 공동작업)
	『코리올레이너스』(*Coriolanus*)

1608~1613	제4기: 일련의 희비극 집필.
1608	셰익스피어 극장이 실내 극장인 블랙프라이어스Blackfriars 극장을 동료배우들과 함께 합자하여 임대함(8월 9일). 어머니 메리 사망(9월 9일 장례).
1609	셰익스피어 극장이 블랙프라이어스 극장 흡수, 글로브 극장과 함께 두 개의 극장 소유.
1609~1610	『심벌린』(*Cymbeline*)
1610~1611	『겨울 이야기』(*The Winter's Tale*) 『태풍』(*The Tempest*)
1611	고향 스트랫포드로 돌아가 은퇴 추정.
1613	『헨리 8세』(*Henry VIII*)(존 플레처John Fletcher와 공동작업설) 『헨리 8세』 공연 도중 글로브 극장 화재로 전소됨(6월 29일).
1613~1614	『두 사촌 귀족』(*The Two Noble Kinsmen*)(존 플레처와 공동작업)
1614~1616	말년: 주로 고향 스트랫포드의 뉴 플레이스 저택에서 행복하고 평온한 삶 영위.
1616	둘째 딸 쥬디스, 포도주 상인 토마스 퀴니Thomas Quiney와 결혼(2월 10일). 쥬디스의 상속분을 퀴니가 장악하지 않도록 유언장 수정(3월 25일). 스트랫포드에서 사망(4월 23일. 성 삼위일체 교회 내에 안장).
1623	『페리클레스』를 제외한 36편의 극작품들이 글로브 극장 시절 동료 배우 존 헤밍John Heminge과 헨리 콘델Henry Condell이 편집한 전집 초판인 제1이절판으로 출판됨. 아내 앤 해서웨이 사망(8월 6일).

옮긴이 **홍유미**
이화여자대학교 영어영문학과를 졸업하고 동 대학원에서 셰익스피어와 현대 영미희곡으로 석사 및 박사학위를, 영국 버밍엄대학교 영어영문학과에서 셰익스피어로 석사(MPhil) 학위를 받았다. 현재 명지대학교 방목기초교육대학 교수로 재직 중이다.

저서로는 『셰익스피어 1』이, 역서로는 『로미오와 줄리엣』, 『페리클레스』, 『숀 오케이시 희곡선집』, 『버킹엄셔에 비치는 빛』, 『푸코와 문학: 글쓰기의 계보학을 위하여』(공역), 『셰익스피어 비극』(공역) 등이 있다. 논문으로는 「아일랜드 대기근과 민족적 기억: 톰 머피의 *Famine* 연구」, 「창밖의 역사: 오케이시의 '페트리엇 게임'과 *The Plough and the Stars*」를 비롯하여, 「글라스펠의 '부재'의 미학: 무덤 너머의 역설」, 「'나의 남성적 부분 내 안의 시인': 아프라 벤과 위반으로서의 여성 글쓰기」, 「"아일랜드 여성 극작가는 없다!"?: 북아일랜드 여성 극작가 연구」 등 다수가 있다.

십이야

초판 2쇄 발행일 2019년 4월 10일

옮긴이 홍유미
발행인 이성모
발행처 도서출판 동인
주 소 서울시 종로구 혜화로 3길 5 118호
등 록 제1-1599호
TEL (02) 765-7145 / FAX (02) 765-7165
E-mail dongin60@chol.com
ISBN 978-89-5506-689-0
정 가 9,000원